10|18
12, avenue d'Italie — Paris XIIIe

Du même auteur
dans la collection 10/18

VÉNUS PRIVÉE, n° 1603
LES ENFANTS DU MASSACRE, n° 1604
À TOUS LES RÂTELIERS, n° 1605
LA NUIT DU TIGRE, n° 2257
PÉCHÉS ET VERTUS, n° 2304

LES MILANAIS TUENT LE SAMEDI

PAR

GIORGIO SCERBANENCO

Traduit de l'italien
par Roland STRAGLIATI

Dossier établi par Robert Deleuse

10 18

« Grands Détectives »
dirigé par Jean-Claude Zylberstein

PLON

Si vous désirez être régulièrement tenu au courant
de nos publications, écrivez-nous :

Éditions 10/18
c/o 01 Consultants (titre n° 1645)
35, rue du Sergent Bauchat
75012 Paris Cedex

Titre original :
I Milanesi ammazzano al Sabato

ISBN 2-264-02806-8

NOTE DE L'ÉDITEUR

La réédition en 1998 des quatre romans de Giorgio Scerbanenco qui mettent en scène Duca Lamberti s'achève avec *Les Milanais tuent le samedi*.

Chacun a pu regretter que la mort de Scerbanenco le 27 octobre 1969 ait mis un terme prématuré à un cycle qui, ainsi raccourci, a pris une place éminente dans l'histoire du roman policier et, pourquoi pas, des lettres italiennes de ce siècle. Aussi bien donnons-nous en appendice à cette réédition des *Milanais tuent le samedi* la trame (dessinée par Scerbanenco lui-même) de ce qu'auraient été les deux enquêtes ultérieures de Duca Lamberti.

La première publication en France de ces scénarios se fit dans le n° 19 de la revue *Hard Boiled Dicks* en 1987 sous la houlette de Roger Martin avec une présentation de Robert Deleuse que nous reproduisons aussi.

Le lecteur attentif pourra à partir de cet écheveau donner libre cours à son imagination.

CHAPITRE PREMIER

De la civilisation de masse naît nécessairement la criminalité de masse. Aujourd'hui, la police ne peut plus s'offrir le luxe de ne rechercher qu'un criminel à la fois, de n'enquêter que sur une seule affaire. Aujourd'hui, on fait d'énormes rafles, à quoi participent conjointement les différentes brigades spécialisées : brigade des stupéfiants ; brigade des mœurs — laquelle a fort à faire avec la traite des Blanches, des Noires, des Jaunes — ; brigade antigang ; brigade financière ; brigade des jeux. La police n'opère plus maintenant que de cette façon dans la mer de fange, de crime et d'ordure des grandes villes (...). C'est ainsi qu'elle ramène dans ses filets de bien répugnants poissons — menu fretin ou gros requins —, c'est ainsi qu'elle « nettoie ». Mais il va de soi qu'elle n'a pas le temps de s'occuper d'une jeune fille qui mesure près de deux mètres et qui n'est pas loin de peser cent kilos. Une débile mentale, mystérieusement disparue du domicile paternel, littéralement volatilisée dans l'immense Milan où il ne se passe pas de jour sans que quelqu'un y disparaisse, qu'on ne retrouve jamais.

1

— Oui... dit Duca Lamberti.

Et c'était plus un acquiescement qu'une question.

L'homme assez sensiblement âgé, mais robuste, trapu, musclé, avec des oreilles poilues et des sourcils broussailleux, l'homme qui lui faisait face de l'autre côté de la table se remit à parler.

— Chaque fois que j'allais au commissariat, on me disait : « Ne vous inquiétez pas, on vous la retrouvera, votre gamine. Mais il faut nous laisser le temps ; on a tellement de travail, vous savez. » Je passais au commissariat une fois par semaine, et le commissaire me répétait toujours la même chose, qu'il finirait bien par me la retrouver, ma gamine ; mais ça fait cinq mois que ça dure, ils ne l'ont pas encore retrouvée, et moi, j'en dors plus. Je vous en supplie, monsieur l'inspecteur, retrouvez-la-moi, sans ça je sais pas ce que je vais devenir.

Duca n'était pas inspecteur, mais il ne reprit pas son interlocuteur. Il n'aimait pas reprendre qui que ce soit, donner des leçons à qui que ce soit. Il regarda l'homme — pas si vieux après tout : il ne devait pas avoir atteint la soixantaine —, il regarda ce visage de vieux taureau tout ensemble combatif et débonnaire et que déformait une grimace qui n'était pas loin des larmes.

— Oui, bien sûr, nous ferons toutes les recherches nécessaires, dit-il.

L'histoire était toute simple : une gamine s'était enfuie de chez elle, sans seulement dire pourquoi, et son père était allé au commissariat de police, et le commissaire avait fait tout son possible pour retrouver la gamine, mais il ne pouvait pas grand-chose. Il ne pouvait même rien. Alors, au bout de cinq mois, le père en question, s'étant dit en bonne logique qu'il valait mieux avoir recours au bon Dieu qu'à ses saints, s'était adressé à la Questure[1], où il avait réussi à voir Càrrua, qui — débordé de travail et à la veille de partir enfin pour la Sardaigne en compagnie de Lorenza, la propre sœur de Duca[2] — l'avait envoyé à ce dernier pour qu'il essaie, lui, de débrouiller cette pénible affaire. « Cet homme-là me fait de la peine, essaie de faire le maximum », lui avait dit Càrrua. Alors, maintenant, il essayait de faire le maximum.

— Quel âge a-t-elle, votre gamine ? demanda Duca, en prenant un petit cahier tout neuf dans un des tiroirs de sa table et en cherchant à mettre l'homme en confiance avec ces mêmes mots tout simples et ce même ton familier que celui-ci venait précisément d'employer en parlant de sa fille.

— Vingt-huit ans, répondit le vieil homme en s'efforçant de réprimer son émotion, de reprendre un visage normal.

Duca posa son bout de crayon sur la table, à côté du petit cahier. Il aurait aimé avoir mal compris, croire que l'homme avait dit : « Dix-huit ans », et qu'il avait compris : « Vingt-huit. » Mais il savait bien qu'il n'en

---

1. La Questure correspond, dans les grandes villes italiennes, à ce qu'est, à Paris, la préfecture de police ; le questeur étant évidemment l'homologue de notre préfet de police. (*N. d. T.*)

2. Voir *Les Enfants du massacre*, coll. 10/18, n° 1604. (*N. d. T.*)

était rien. Il avait parfaitement entendu, et l'homme avait bien dit : « Vingt-huit. » Il y avait donc eu erreur de sa part. Il avait cru en toute bonne foi qu'il s'agissait d'une mineure, laquelle s'était enfuie avec un mauvais garçon, mais une fille de vingt-huit ans n'est plus une mineure. Et il le dit à cet homme au visage et au dos des mains pareillement velus, aux yeux gris profondément enfoncés sous l'arcade sourcilière.

— Mais une fille de vingt-huit ans n'est plus une gamine.

Et ce disant, pour éviter de regarder l'homme en face, il fixait, précisément, les poils blancs, gris et noirs qui pullulaient sur le dos de ses mains.

— Votre fille est peut-être partie avec un homme de sa connaissance. Il ne s'agit ici ni d'une fugue ni d'un enlèvement, mais d'une fille de vingt-huit ans qui quitte le domicile paternel pour aller vivre avec un homme.

Le vieil homme secoua la tête.

— Non, ma fille n'est qu'une gamine, et elle le sera toujours, même à cent ans.

Un silence. Duca acquiesça d'un signe de tête. Il lui déplaisait de contredire quelqu'un qui souffrait autant que cet homme. Au surplus, il comprenait qu'une fille peut être toujours une gamine aux yeux de son père — même à cent ans. Mais ce point de vue, qui ne relevait que de la seule tendresse paternelle, n'avait guère de valeur légale, et il le dit tout à trac à l'homme qui se tenait devant lui, de l'autre côté de la table, en cette calme et douce matinée de septembre, de fin d'été.

— Oui, je vous comprends, mais nous n'avons légalement aucun recours contre une fille de vingt-huit ans qui décide de quitter le domicile paternel.

Alors l'homme dit, d'un ton amer et désespéré, mais on ne peut plus net :

— Ma fille n'a pas toute sa tête.

Puis il expliqua en baissant les yeux :

— Elle est née comme ça ; et elle n'a guère plus d'intelligence qu'une gosse de dix ans, bien qu'elle en ait vingt-huit. Pour Noël, elle m'a demandé une machine à coudre, une toute petite, un jouet, et j'ai dû la lui donner, sans ça elle me faisait une crise de larmes. Et avec cette bricole — alors que nous avons une Borletti[1] que je n'ai même pas encore fini de payer —, avec cette bricole, elle fabrique des robes de poupée... Il faut vous dire qu'elle joue encore à la poupée, que sa chambre en est pleine.

Duca se leva. L'histoire était encore plus triste qu'il ne l'avait d'abord pensé. Il tourna le dos au vieil homme et demanda :

— Votre fille a-t-elle été en traitement dans un hôpital psychiatrique ?

— Oh ! non, dit l'homme derrière lui, d'une voix âpre et sourde. Nous l'avons toujours gardée à la maison.

Duca acquiesça d'un signe de tête. Il commençait à comprendre. Cette malheureuse affaire ne cessait point de s'amplifier.

— Vous ne l'avez pas envoyée à l'école ? demanda-t-il encore sans cependant se retourner.

— Non, les autres gosses se seraient moqués d'elle, et puis elle n'aurait rien appris, répondit dans son dos la vieille voix rocailleuse.

Bien sûr, Duca comprenait.

— Mais votre fille sait lire et écrire ?

— Oui, c'est ma pauvre chère femme qui le lui a appris.

---

1. Marque de machine à coudre fort répandue en Italie. (*N. d. T.*)

Il disait « ma pauvre chère femme », ce qui signifiait que sa femme était morte, qu'il était veuf.

— Et aussi ma pauvre chère belle-sœur Stefania, qui était pour elle comme une seconde mère.

Ainsi l'homme était également « veuf » de sa belle-sœur. Duca se retourna.

— Mais vous aviez un médecin qui la soignait ?

— *Segùra de si !* s'exclama l'homme en dialecte milanais et avec un brusque sursaut — qui n'était point un sursaut d'orgueil, qui voulait tout simplement dire : « Comment pouvez-vous penser que j'aurais laissé ma gamine sans médecin ? »

« Bien sûr que oui », avait-il dit en milanais. Il ajouta en italien :

— Le médecin passait au moins une fois par mois, mais ma gamine n'est pas folle. Elle est seulement un peu... un peu...

Duca pensa : « Maintenant, il va me dire : *un peu arriérée.* »

Et l'homme dit, effectivement :

— ... un peu arriérée.

Puis il ravala sa salive.

— Le corps a grandi, lui, mais pas la tête.

Duca regagna sa place derrière la table, en proie à une étrange amertume. Il comprenait de mieux en mieux.

Il y a de par le monde des centaines de familles, peut-être même des milliers, des dizaines de milliers de familles, qui gardent auprès d'elles, à la maison, des enfants arriérés ou difformes, phocomèles, épileptiques, maniaques sexuels ou fous. Ce sont surtout les familles et les parents pauvres, ou qui n'ont que de petits moyens, qui les gardent à la maison. Les riches les confient d'ordinaire à des cliniques, tandis que les pauvres cachent au fond de leurs logements ce qui, pour eux, n'est pas seulement un malheur mais aussi une honte. Et ils font patiemment manger, bouchée par bouchée, des garçons de vingt ans qui font encore pipi au lit ; ils promènent dans de petites voitures des mongoliens qui pèsent cent kilos et ne savent même pas marcher ; ils s'épuisent, s'exténuent à cacher leur malheur à leurs amis, leurs voisins, leurs connaissances, à le minimiser, à ne le leur présenter que comme une maladie un peu longue ou même comme quelque chose de très normal, encore qu'assez pénible. Et ce vieil homme et sa « pauvre chère femme » devaient avoir agi de la sorte jusqu'à ce que leur fille ait atteint vingt-huit ans, jusqu'à ce qu'elle s'en aille.

— Quel était le médecin qui soignait votre fille ? demanda Duca.

— Le professeur Fardaini, dit aussitôt le père, non point tant avec fierté que d'un ton qui signifiait qu'il avait fait tout son devoir.

Et il l'avait sûrement fait, se dit Duca. Giovanni Fardaini était le meilleur psychiatre, le meilleur neurologue, le meilleur endocrinologiste, le meilleur biologiste, le meilleur spécialiste de tout un tas d'autres disciplines, le meilleur d'Italie. Il espérait le prix Nobel depuis quelques années et on allait bientôt le lui décerner. C'était aussi un des médecins spécialistes les plus chers d'Europe, et l'on était en droit de se demander où ce vieil homme, qui n'avait pas plus l'air d'un magnat du pétrole que d'un Rockefeller, avait bien pu trouver l'argent pour se payer un Fardaini. Duca, quant à lui, préférait ne pas se poser la question. Il y a des vieilles dames très bien, d'anciennes femmes du monde, aujourd'hui déchues, qui volent dans les Prisunics pour nourrir leur chat galeux et à demi mort.

— Et qu'a dit le professeur Fardaini de la maladie de votre fille ? demanda Duca.

L'homme se passa la main sur le visage et se cacha les yeux.

— Il disait toujours le même mot.

— Quel mot ?

— Éléphantiasis, dit l'homme.

Duca acquiesça d'un signe de tête. Éléphantiasis. C'était un peu vague. Le professeur Fardaini devait sûrement avoir accompagné ce diagnostic de quelques précisions plus savantes, mais le pauvre homme n'avait seulement retenu que cet « éléphantiasis » qui l'avait frappé, parce qu'il lui rappelait évidemment les éléphants qu'il avait vus au zoo. « Éléphantiasis », sans autres précisions, ne voulait pas dire grand-chose. Il était inutile de poser de nouvelles questions au vieil homme, des questions de médecin. Duca demanda seulement :

— Combien pèse votre fille ?

Les yeux gris eurent un sursaut de surprise au fond de leurs orbites, puis l'homme parut comprendre la raison de cette question, et il y répondit sans hésiter, car il n'ignorait rien de ce qui concernait et sa fille et la maladie de sa fille :

— Quatre-vingt-quinze kilos.

— Et quelle est sa taille ? demanda Duca.

La réponse vint, immédiate, mais à contrecœur, comme lorsqu'il faut avouer quelque chose de déplaisant :

— Un mètre quatre-vingt-quinze.

Duca acquiesça de nouveau d'un signe de tête. Pour ce qui est du poids, les femmes sont nombreuses qui pèsent quatre-vingt-quinze kilos, mais il n'y en a guère qui mesurent un mètre quatre-vingt-quinze. Il demanda :

— Votre fille a-t-elle quelque difformité ? Je ne sais pas, moi, un bras plus court que l'autre, une jambe trop grosse et une toute mince, des doigts en moins ?

L'homme secouait négativement la tête à chacune de ses suggestions, puis il l'interrompit :

— Ma fille est une vraie beauté.

Il tira presque rageusement de son portefeuille plusieurs photographies, format 6 × 6.

— Regardez, c'est moi qui les ai prises. Je l'ai toujours photographiée, depuis qu'elle est née.

Et il lui mit les photographies sous le nez, en éventail, comme des cartes à jouer, la voix débordante de tendresse. D'une tendresse à quoi se mêlait, naïvement, l'orgueil d'être le père d'une aussi belle fille.

Oui, très belle. Duca regarda attentivement, l'une après l'autre, toutes les photographies. Elles étaient techniquement parfaites. L'une d'elles le retint davantage : c'était un doux visage de jeune fille, un visage pareil à ceux des beautés suédoises, avec un profil romain de statue, un visage qui n'était ni gras ni boursouflé, mince plutôt — car quatre-vingt-quinze kilos perdent évidemment de leur importance quand on mesure un mètre quatre-vingt-quinze. De merveilleux cheveux longs et blonds, d'un blond cendré presque irréel. En regardant ce gros plan, cette espèce de carte à jouer où figurait une reine d'une si incroyable beauté, Duca demanda :

— Est-ce que ce sont ses vrais cheveux ou bien sont-ils décolorés par le coiffeur ?

— Ce sont les siens, les siens, monsieur l'inspecteur, dit avec flamme le vieil homme. Elle ne sortait jamais, même accompagnée, parce que tout le monde se retournait sur elle. Les gens lui couraient après, et ils l'ennuyaient. Alors le coiffeur, vous pensez... C'était ma pauvre chère femme et ma pauvre chère belle-sœur qui s'occupaient d'elle, qui lui faisaient tout. Mais ses cheveux sont comme ça, de cette couleur-là et aussi longs que sur la photo, parce que j'ai jamais voulu qu'on les lui coupe.

Duca prit une autre photographie. La jeune fille y était représentée en pied, debout près d'un divan. Une lumière très claire, très douce, et qui venait d'une grande fenêtre, mettant tendrement en valeur sa sculpturale beauté, suggérait immédiatement l'idée d'un de ces monuments commémoratifs où la Liberté, un sein de bronze découvert, le bas du corps à peine voilé d'un mince voile de bronze, serre d'un poing énergique un drapeau de bronze et qui flotte au-dessus d'un bas-relief où des bersagliers de bronze chargent en brandissant leur long fusil d'avant la Première Guerre mondiale.

Une troisième photographie. On l'y voyait, en maillot de bain, sur une plage déserte.

— L'été, on l'emmenait à la mer, expliqua l'homme. Vous savez, c'était un peu compliqué, mais on avait fini par trouver un petit endroit, près de Comacchio, où il n'y avait encore personne, rien qu'une maison de pêcheur qui se trouvait à deux pas, presque sur la plage. Comme ça, quand il arrivait quelqu'un, on la faisait tout de suite entrer dans cette maison.

Le corps de la jeune fille était quelque chose de plus et de différent de ce que pouvait être une gigantesque statue. Aucune statue ne peut se flatter d'avoir l'harmonie et les proportions d'un corps humain, spécialement de femme, quand ledit corps est harmonieux. Mais la jeune fille de la photographie avait le corps le plus harmonieux qui se pût voir. Seules les épaules, un peu trop arquées, détonnaient très légèrement dans cet ensemble, tout en en soulignant par contraste la beauté.

— Pourquoi la cachiez-vous ? demanda Duca. Elle est un peu grande, bien sûr, mais ce n'est pas un phénomène. Il y a des joueuses de basket-ball qui sont presque aussi grandes qu'elle.

Le vieil homme baissa la tête.

— Parce que... dit-il.
Et il s'interrompit brusquement.

2

Duca attendit un moment, puis il demanda :
— Pourquoi ?
Le vieil homme releva les yeux et se passa la langue sur les lèvres.
— Parce qu'elle regardait les hommes, dit-il.
Et patiemment, un peu honteux, il expliqua :
— On aurait pu la sortir, l'emmener promener. Ils l'auraient regardée, bien sûr, grande comme elle est ; mais, ma pauvre chère femme ou moi, on aurait tout de même pu la sortir. On a bien essayé, plusieurs fois même, mais c'était impossible.
Duca attendit, mais l'autre ne disait plus rien. Alors, il demanda :
— Pourquoi ?
Brusquement, l'homme décida d'en finir une bonne fois, de boire sa honte jusqu'à la lie.
— Parce qu'elle regardait les hommes qui passaient dans la rue et qu'elle leur souriait, reprit-il. Il y avait déjà tous ceux qui la regardaient, elle, alors vous imaginez ce qui arrivait quand elle en regardait un et qu'elle lui souriait. Une fois, ma pauvre chère femme, la gamine et moi, on a dû s'engouffrer dans une mercerie qui se trouvait là, parce qu'il y avait trois jeunots qui nous poursuivaient comme des loups affamés. J'en ai bien repoussé un, mais les deux autres allaient me sauter dessus, et si ma pauvre chère femme ne m'avait pas tiré par le bras pour me faire entrer dans la mercerie, qui sait ce qui se serait passé.

Depuis ce jour-là, on n'a plus jamais essayé de la sortir.

Duca se représentait parfaitement la scène : une grande fille d'un mètre quatre-vingt-quinze, plus belle que la plus belle des statues de la Victoire, avec ou sans ailes, traquée par une petite bande de *latin lovers* — dont quelques Méridionaux au sang chaud —, par une petite bande qui l'entourait ou, plutôt, qui cernait cette vivante statue de la Victoire qu'elle était, sans s'inquiéter du fait que ses parents l'accompagnaient et bien décidés même à frapper lesdits parents pour s'approcher davantage encore de la jeune géante, en resserrant progressivement le cercle autour d'elle comme on le fait, pour les lions, dans les safaris.

— Le médecin dit que c'est une maladie, reprit à l'improviste la voix rocailleuse. Ma gamine est une honnête fille. Mais elle est malade, car c'est une maladie que de regarder tous les hommes. Et elle les regarde, elle ; elle leur sourit et elle répond toujours oui à tout ce qu'ils disent.

Oui, c'était une maladie, et Duca le savait bien. Une maladie qui avait des tas de noms. Vagues et généraux, comme « nymphomanie », ou scientifiques, comme « éréthisme ». L'honnêteté n'avait rien à voir là-dedans, non plus que la morale, l'éducation ou le milieu. Un désir sexuel violent, permanent, vous consume, que rien ne rassasie jamais et qui vous pousse — dès que vous en êtes la proie — à des actes, des excès, un comportement que la société et la morale réprouvent, qui vous conduisent à votre ruine aussi, de quelque façon qu'on l'entende — même physique.

— C'est pour ça que nous ne l'avons plus sortie, que nous ne l'avons plus jamais laissée seule. Parce qu'il aurait suffi que le premier homme venu lui dise : « Viens ! » pour qu'elle lui donne la main et qu'elle le suive. Tant que ma pauvre chère femme a été là, elle n'a jamais quitté notre gamine d'une semelle. Puis, quand elle est morte, cette vraie sainte qu'était ma pauvre chère belle-sœur a pris la relève ; elle est venue la garder à son tour. Et moi je continuais mon travail chez Gondrand, bien tranquille ; et ma pauvre chère belle-sœur s'occupait d'elle. Elle lui avait même appris à répondre au téléphone, à faire fonctionner la machine à laver, la télévision. Un vrai miracle, monsieur l'inspecteur ! Il fallait seulement l'empêcher d'aller sur le balcon ou à la fenêtre, parce que alors elle se mettait à faire des signes aux garçons, à leur sourire, à les appeler.

Le vieil homme se couvrit le visage de la main.

— Elle allait même jusqu'à ouvrir son décolleté, à remonter sa jupe... Quelle honte, monsieur l'inspecteur ! d'autant que nous habitons au second. Mais ma pauvre chère belle-sœur était là, et elle ne la laissait jamais aller à la fenêtre. Puis ma pauvre chère belle-sœur est morte à son tour.

Le vieil homme ôta sa main de devant son visage.

— Moi, il fallait bien que je travaille, il fallait bien que je continue à aller chez Gondrand. Pas tant pour moi que pour ma gamine : les soins coûtent cher, vous savez, et je voulais pas la mettre à l'hospice. J'aurais mieux aimé mourir. Après la disparition de ma pauvre chère belle-sœur, j'ai pris une vieille infirmière pour me la garder pendant que j'allais chez Gondrand, mais, au bout de quelques semaines, j'ai vu que cette vieille ne faisait rien du tout, qu'elle se contentait de me manger la laine sur le dos, et je me suis alors dit que ma gamine pouvait bien rester toute seule. Surtout que, dans les deux dernières années que ma pauvre chère belle-sœur s'était occupée d'elle, son état s'était beaucoup amélioré : elle obéissait, comprenait mieux et se rendait compte qu'elle devait faire ce que je lui disais.

J'ai risqué le coup. Les premiers jours, j'ai eu très peur, et puis tout est devenu comme miraculeux. Vous n'avez pas idée, monsieur l'inspecteur... Je revenais de chez Gondrand et je trouvais la soupe prête, ou bien des œufs, comme sa pauvre tante lui avait appris à le faire. Bien sûr, je ne la laissais pas vraiment seule tout le temps. Vous savez, je travaille dans les transports internationaux, chez Gondrand, place de la République, au siège, et, comme j'habite 15, avenue de Tunisie, ça fait tout juste trois minutes de trajet. Alors, avec l'accord de M. Servadio, du *cavaliere*[1] Servadio, deux fois par jour — une fois le matin et une l'après-midi — je faisais un saut à la maison, trois minutes à l'aller, trois au retour et quatre pour voir si ma gamine n'avait pas fait de bêtises, pour lui dire d'être gentille. Mais tout allait toujours bien. Si vous aviez vu comme elle faisait le ménage, comme elle briquait ! Elle aimait surtout laver par terre, comme sa pauvre mère ; et je la trouvais presque toujours à genoux avec un seau plein de détersif et le torchon à la main, comme le lui avait appris sa pauvre mère, qui disait que c'était la seule façon de vraiment nettoyer le carreau.

Brusquement, l'homme fondit en larmes. Il devait sûrement revoir sa « gamine », comme il disait, agenouillée sur le sol et lavant énergiquement le carreau, avec la fougue heureuse des débiles mentaux qui ne sentent guère la fatigue. Mais il s'essuya les yeux du bout des doigts et reprit son récit.

— Elle aimait beaucoup la musique, alors je lui avais acheté quelque chose de pas trop compliqué pour écouter des disques. Je sais plus comment ça s'appelle.

---

1. *Cavaliere* (chevalier) : titre honorifique italien rappelant un peu celui des chevaliers de l'ordre de la Légion d'honneur, des Arts et Lettres, etc. (*N. d. T.*)

— Un mange-disques, suggéra Duca.

— Oui, c'est ça, un mange-disques, dit le vieil homme, son visage encore humide de larmes brusquement illuminé par la lumière frisante d'un pâle et lumineux soleil de fin d'été. Je le lui avais acheté parce que ça lui faisait plaisir. Il suffisait de glisser un disque dans une fente, et on entendait aussitôt la musique. Je lui achetais toujours de nouveaux disques. Elle restait toute la journée toute seule à la maison ; elle travaillait ; elle faisait le ménage ; elle préparait à manger. Moi, avant de partir, je fermais les fenêtres au verrou de sûreté ; je baissais les stores à demi et je les fixais aussi au verrou, de façon qu'elle ne puisse pas les relever : comme ça, elle ne pouvait pas se mettre à la fenêtre pour regarder les garçons, les appeler et... (Il n'eut pas le courage de dire : « Et remonter sa jupe » et sauta ce pénible détail.) Moi, j'étais heureux comme un roi. Tout allait tellement bien, elle était si gentille, elle me reprisait même mes chaussettes, elle me repassait mes chemises — presque aussi bien que ma pauvre chère belle-sœur lui avait appris à le faire. Je n'avais plus du tout l'impression d'être un pauvre veuf avec une gamine arriérée, je me sentais comme un jeune marié : j'allais chez Gondrand, je revenais et je trouvais toute la maison en ordre, et elle me souriait, et elle m'embrassait, et la table était déjà mise pour nous deux, dans la cuisine, avec de bonnes odeurs qui vous mettaient l'eau à la bouche. Ça a duré près d'un an. Puis, un matin, je suis revenu à la maison et je n'ai plus trouvé personne.

L'homme pleurait sans qu'on l'entende. Pour arrêter ces larmes, plus bouleversantes encore d'être silencieuses, Duca laissa tomber sur la table le petit crayon qu'il tenait à la main, et le petit bruit sec que cela produisit attira d'un coup l'attention du vieil homme, qui cessa aussitôt de pleurer.

— Eh bien ! nous allons faire une nouvelle déclaration, dit Duca. Voulez-vous me rappeler votre nom ?

L'homme s'essuya les yeux.

— Berzaghi, Amanzio, répondit-il, larmoyant mais docile, en bon citoyen toujours respectueux des lois et des services officiels.

— Vous êtes né quand ? demanda Duca en inscrivant les nom et prénom de l'homme sur son petit cahier : *Berzaghi Amanzio* — Amanzio, un prénom désuet, aristocratique, typiquement lombard.

— Le 12 février 1909.

— Vos parents ?

— Berzaghi, Alessandro, et Perassini, Rosa, tous deux décédés.

— Le prénom de votre fille ?

— Donatella.

Le vieil homme se remit à pleurer.

— Quand elle est née, elle était si petite, si petite, que j'ai choisi ce prénom-là parmi tout un tas d'autres auxquels on avait pensé. Puis, plus tard, quand elle s'est mise à grandir, les gosses se fichaient d'elle et l'appelaient Donatona[1]...

Duca écrivit *Donatella* sur son petit cahier.

— Maintenant, racontez-moi bien le dernier jour où vous avez vu votre fille.

---

1. Donatella — diminutif italien du féminin de Donato (Donat) — signifie « la petite Donata », alors qu'au contraire Donatona veut dire « la grosse Donata ». (*N. d. T.*)

3

L'homme raconta tout, très bien. Depuis l'instant où le réveil avait sonné, à sept heures du matin, sur la table de chevet. Il l'avait tout de suite arrêté ; il s'était levé immédiatement et était allé dans la chambre de Donatella. Donatella dormait. Son lit, fait sur mesure, était un peu plus grand qu'un lit ordinaire, mais on ne s'en rendait pas compte. Il y avait des poupées partout, par terre, sur les sièges, sur le lit. C'était sa passion. Elles étaient plutôt grandes et toujours habillées à la dernière mode, avec des vêtements faits par elle-même et qu'elle copiait dans des journaux de mode. Ce matin-là, Donatella serrait dans son bras la plus petite de ses poupées, Giglioletta — qu'elle avait baptisée de la sorte en hommage à sa chanteuse préférée, Gigliola Cinquetti. Une poupée dont les longs cheveux noirs lui couvraient le visage. Et la première chose que le père avait faite avait été d'écarter les longs et faux cheveux noirs de la poupée du visage de sa fille, sur lequel ils formaient une sorte de broderie très enchevêtrée, très cinématographique.

Et cependant qu'il lui découvrait le visage, elle s'était réveillée et lui avait aussitôt tendu les bras pour le traditionnel baiser du matin, souriante, languissante, animalement heureuse. Puis il était allé ouvrir le verrou de sûreté et avait remonté le store. Mais il ne fit guère plus clair qu'avant, car c'était un matin de mars fort orageux où, déjà, la pluie s'annonçait par des rafales de vent et des éclairs qui fulguraient sur un fond de nuages très sombres, presque violets. Puis il avait suivi sa fille dans la salle de bains, où elle s'habillait et se lavait ; et il était resté près d'elle sans trop la regarder, mais en la surveillant du coin de l'œil, car si ces opérations se passaient généralement bien, elles pouvaient parfois poser des problèmes. Surtout lorsqu'il s'agissait d'attacher les bas au porte-jarretelles. Elle ne parvenait pas toujours à refermer la boucle sur le bas, alors elle commençait à jouer avec le porte-jarretelles, à caresser sa grande jambe blanche et finissait par renoncer à son dessein, ses doigts, qui répondaient mal à ses centres nerveux déficients, lui refusant leur concours. Là-dessus, elle se mettait à aller et venir à travers l'appartement, son bas pendant lamentablement le long de son admirable jambe et donnant à celle-ci un côté débraillé que sa perfection toute féminine ne méritait vraiment pas. Quand sa mère et sa tante vivaient encore, elles remédiaient personnellement à ces petits malheurs, lui remontant ses bas, les lui tirant bien comme il faut, les attachant au porte-jarretelles ; ramassant le savon qu'elle laissait sans cesse tomber en se lavant, par jeu, comme une enfant ; lui rappelant aussi l'ordre dans lequel elle devait effectuer les différentes opérations qu'il lui fallait faire pour s'habiller et se laver, car, distraite comme elle l'était — du fait de sa carence neuropsychique —, elle avait tendance à faire une chose avant l'autre ou à ne pas les faire toutes.

Mais une fois habillée et dûment lavée, tout se passait très bien ; et tout se passa très bien ce matin-là aussi. Donatella prépara correctement le café au lait, et il lui dit ce qu'elle devait faire pour le déjeuner. Maintenant, à cinq mois de distance, il n'avait plus la moindre idée de ce que c'était. Il ne lui faisait faire que des plats tout simples pour ne pas lui compliquer l'existence : des pommes de terre bouillies ; des spaghettis ; des œufs ; un petit morceau de viande à la poêle. Ce matin-là, il ne se rappelait vraiment plus ce qu'il lui avait dit de préparer. Il lui semblait que c'étaient une soupe de pâtes et des pommes de terre bouillies, mais il n'en était pas sûr. Est-ce qu'il ne lui avait pas plutôt dit de faire des coquillettes au beurre ?

— Aucune importance, dit Duca.

Mais le vieil Amanzio Berzaghi était un homme précis, tatillon même. Fermant à demi les yeux, fronçant les sourcils, il lança tout à trac :

— Des coquillettes au beurre, j'en suis sûr. Ça me revient, maintenant, je lui avais dit de faire des coquillettes au beurre, parce qu'elle est comme moi : elle adore ça.

Donc il lui avait dit de préparer des coquillettes au beurre pour le déjeuner, et il le lui avait dit pendant qu'ils trempaient de concert leurs tartines dans le café au lait. Puis il s'était levé pour se rendre à son travail et, avant de partir, il avait vérifié, l'une après l'autre, les six fenêtres de l'appartement, ou, plutôt, il s'était assuré que les verrous de sûreté qui en immobilisaient les battants étaient bien fermés et que l'étaient également ceux qui commandaient la courroie des stores à demi baissés et la fixaient à un gros clou, de façon qu'on ne puisse les lever ni les baisser davantage. Bien sûr, tous ces stores à demi baissés donnaient, avec un peu trop de pénombre, un sentiment de tristesse, mais cela valait tout de même mieux que de courir le risque de voir Donatella aller à la fenêtre pour regarder dehors et se faire voir.

Ces vérifications faites, Amanzio Berzaghi était enfin parti en fermant la porte à clé derrière lui. Donatella ne pouvait pas ouvrir de l'intérieur. Elle était bel et bien enfermée dans l'appartement, porte et fenêtres closes. Elle ne pouvait communiquer avec l'extérieur en cas de danger — incendie, fuite de gaz, etc. — qu'en appelant chez le concierge au moyen de l'interphone, comme sa tante lui avait appris à le faire, et l'on serait aussitôt venu lui ouvrir avec une seconde clé. Il était à peine un peu plus de huit heures dix quand Amanzio Berzaghi franchit le seuil du n° 15 de l'avenue de Tunisie. Il se rendit directement au petit bar qui se trouvait presque en face et y commanda un petit marc. C'était son vice secret. Personne, sauf naturellement les garçons dudit bar, personne, pas plus sa femme que sa belle-sœur, n'avait jamais su qu'il buvait plusieurs petits marcs par jour. Il commençait le matin avec deux ou trois, en reprenait encore deux ou trois l'après-midi et deux ou trois autres le soir.

— Vous savez, quand ma pauvre chère femme était encore vivante, le soir, il fallait que j'invente toutes sortes de prétextes pour pouvoir sortir et aller boire mon petit marc. Tant et si bien qu'elle avait fini par croire que j'avais quelqu'un en ville, et même qu'une fois elle m'a fait une scène terrible avec crise de larmes et tout.

Duca l'écoutait parler sans rien dire.

— Voyez-vous, j'ai pris ce vice-là après mon accident, monsieur l'inspecteur. Quand je suis descendu du Milan-Brême et que j'ai vu tout ce sang...

Amanzio Berzaghi continua de parler comme en rêve : il travaillait chez Gondrand depuis près d'un quart de siècle et il avait été affecté durant plus de quinze ans à la section « transports internationaux », pilotant — d'abord comme conducteur en second, puis à titre de chef conducteur — les gigantesques camions de la société qui reliaient Milan aux plus lointaines villes d'Europe.

— J'ai été deux fois à Moscou, dit-il avec fierté. On s'était arrêtés sur la place Rouge, et les gens nous entouraient et regardaient avec curiosité le mastodonte que je conduisais. Ils sont même montés dans la cabine ; ils mettaient la tête sur les couchettes ; ils tripotaient le radiotéléphone ; ils nous empêchaient de repartir. Il y en avait un qui parlait italien, et il m'a dit que mon camion à remorque était plus grand qu'un gros avion. La police a dû intervenir pour les faire circuler... C'était un travail qui me plaisait — je l'ai fait longtemps — et puis je connaissais mon affaire.

L'homme releva fièrement la tête.

— Il n'y a qu'à voir mon livret de chez Gondrand : jamais un accident, même minime.

Et puis il avait fini par l'avoir, son accident. Aux portes de Brême, avec l'énorme camion à remorque qu'on appelait justement le Milan-Brême, du nom du parcours. Il faisait nuit ; il pleuvait ; ils venaient de quitter l'autoroute, et le Milan-Brême roulait sur la nationale, plutôt glissante, à moins de quarante à l'heure, donnant des phares à chaque croisement et même chaque fois qu'on voyait une ombre ou quelque chose de suspect. Brusquement, une idiote de Volkswagen qui transportait une famille entière — le père, qui tenait le volant ; la mère ; les deux gosses et même la belle-mère — avait débouché d'un carrefour que commandait un signal lumineux et foncé en avant alors que le feu était encore au rouge. Amanzio Berzaghi, qui traversait tranquillement au vert au même moment et venait d'apercevoir la voiture, Amanzio Berzaghi n'avait rien pu faire d'autre que de freiner désespérément. Mais ça n'avait pas servi à grand-chose : le Milan-Brême n'en avait pas moins aplati la Volkswagen et ses occupants, aussi complètement qu'un moulin à huile écrase des olives molles. Au surplus, du fait de la violence du coup de frein, le Milan-Brême, ayant dérapé sur le sol gluant, s'était mis en travers de la route, et un motocycliste qui arrivait à tombeau ouvert s'était écrasé contre lui en y laissant la vie. Sous le choc, Amanzio Berzaghi avait violemment donné du genou dans la carcasse du gigantesque tableau de bord, se brisant la rotule et le tibia, se déchirant les tendons et tout un faisceau de muscles — comme lorsqu'on casse une branche. Mais, du haut de sa cabine, il avait vu cette mare de sang qui s'échappait des débris de la Volkswagen et qui suintait de dessous les énormes roues du camion à remorque. Du sang qui continuait de s'écouler et qui brillait dans la lueur des phares d'une voiture, puis de plusieurs autres qui venaient juste d'arriver. Du sang que la pluie qui redoublait rageusement rendait plus fluide encore, plus cinématographique, et dont la vue — bien plus que la douleur de son genou éclaté — le fit s'évanouir, tandis que son second, tout en larmes, criait d'une voix rauque, ululante :

— Mon Dieu ! mon Dieu ! on les a tous tués !

On l'avait fait revenir à lui en le forçant à boire un grand verre de kirsch, et on avait continué à lui en donner dans l'ambulance qui l'emmenait à l'hôpital. Si bien que lui, qui avant cela n'avait jamais bu d'alcool aussi fort — se contentant d'un peu de vin au repas —, s'était mis à boire des petits marcs chaque fois que cette terrible hécatombe lui revenait à l'esprit, chaque fois qu'il se sentait malheureux, angoissé. Et Dieu sait s'il avait eu besoin d'en boire, des petits marcs, depuis ce fameux accident ! Il avait été établi que sa responsabilité ne s'y trouvait point engagée, même aussi peu que ce soit, et Gondrand l'avait gardé, mais il ne pouvait guère compter vraiment sur son genou. Bien que des miracles de chirurgie lui en eussent rendu l'usage et qu'il marchât de nouveau presque normalement, il ne pouvait plus prétendre piloter des mastodontes tels que le Milan-Brême. Aussi avait-il été affecté aux bureaux de la section « transports internationaux », place de la République. D'autant qu'il n'était pas seulement un remarquable conducteur, mais qu'il avait aussi une assez bonne instruction. On lui avait donné un petit bureau, des dossiers bourrés de factures et reçus divers, du papier à en-tête, des tampons de caoutchouc ; et il avait pris un petit appartement tout près de son travail, avenue de Tunisie. Comme ça, de chez lui à son bureau — Amanzio Berzaghi dit en fait, en bon Milanais qu'il était, « *da casa a bottega*[1] » — il n'avait seulement que trois ou quatre minutes de trajet à faire à pied.

— Donc, ce matin-là, je suis parti comme d'habitude, et je suis d'abord allé au bar d'en face boire un petit marc.

L'homme réfléchit une seconde.

— Non, deux, rectifia-t-il.

Amanzio Berzaghi avait parlé comme dans un état second, mais tout ce qu'il avait dit avait été fort utile, avait mis en lumière le côté humain de son histoire, et Duca avait pris des notes.

Après avoir bu ses deux petits marcs, le vieil homme s'était rendu chez Gondrand. Il y était arrivé à huit heures vingt-quatre, plus d'une demi-heure avant l'ouverture des bureaux, et s'était aussitôt mis au travail : il lui fallait vérifier les notes de frais que les conducteurs des gros camions rapportaient de leurs voyages à travers l'Europe. Ayant été si longtemps lui-même conducteur de poids lourds, il était, comme disent les Anglais, *the right man in the right place*, l'homme qu'il fallait à la place qu'il fallait ; et puis il connaissait suffisamment de français, d'anglais et d'allemand pour que les conducteurs ne puissent le tromper en lui présentant des factures déjà remboursées, ou truquées, ou même d'un total abusivement majoré.

À neuf heures et quart, il avait téléphoné chez lui. Donatella avait immédiatement répondu, de sa voix tout ensemble grave et mélodieuse :

— Papa ?

Elle avait dit cela sans seulement hésiter car il n'y avait jamais que lui qui lui téléphonait, et il lui avait bien recommandé, au cas fort improbable où quelqu'un

1. De la maison à la boutique. (*N. d. T.*)

d'autre appellerait, de ne rien répondre et de raccrocher aussitôt le combiné.

— Comment ça va, Donatella ?

— Je suis en train d'éplucher les pommes de terre.

— Ne te coupe pas, surtout.

— Non, papa.

— Tu te sens bien ?

— Oui, papa. Dès que j'ai fini de les éplucher, je les mets à bouillir dans le fait-tout.

— Très bien, Donatella. Je te retéléphonerai tout à l'heure.

Amanzio Berzaghi s'était remis à travailler, et il avait rappelé à dix heures et quart.

— Papa ?

— Comment ça va, Donatella ?

— J'ai balayé et épousseté. Maintenant, je fais les lits, avait répondu Donatella avec une méticulosité enfantine. Les pommes de terre sont cuites et je les ai mises à égoutter.

— Très bien, Donatella. Tu as fermé le gaz ?

Elle pouvait tout naturellement oublier de le faire, étant donné son état mental, et c'était là le danger qu'Amanzio Berzaghi redoutait le plus. Mais, depuis près d'un an, cela ne lui était encore jamais arrivé.

— Oui, papa, et j'ai même fermé le compteur comme tu m'as dit de le faire.

On aurait dit une gamine de six ans qui raconte à son institutrice comment elle a passé le dimanche à la maison.

— Très bien, Donatella. Je vais venir te voir dans un petit moment.

— Oh ! oui, papa ! s'était-elle joyeusement exclamée.

Amanzio Berzaghi travailla encore une demi-heure, puis sortit. Le directeur, le *cavaliere* Servadio, l'avait autorisé à s'absenter deux fois par jour durant un quart d'heure. La demi-heure qu'il perdait ainsi, il la rattrapait le matin en venant au bureau à huit heures et demie au lieu de neuf heures. Le gardien lui fit un sourire, appuya sur un bouton et lui ouvrit la petite grille réservée à la sortie du personnel. Le vieil homme traversa la place de la République en boitant, s'arrêta bouillant d'impatience aux divers feux rouges et déboucha, boitant toujours, dans l'avenue de Tunisie. Il y avait là un fleuriste, un jeune homme à l'œil intelligent, malin, et qui le salua d'un sonore :

— Bonjour, monsieur Berzaghi !

C'était chez lui qu'il avait commandé les couronnes pour les enterrements de sa femme et de sa belle-sœur et, chaque fois qu'il allait se recueillir sur leurs tombes, c'était à lui qu'il préférait acheter ses fleurs.

— Bonjour ! répondit Amanzio Berzaghi avec une bonhomie toute milanaise.

Boitant toujours, mais faisant de grandes enjambées, il atteignit le n° 15 de l'avenue de Tunisie, prit l'ascenseur, en sortit au deuxième étage et sonna à sa propre porte : un coup bref, un coup plus long, un autre coup bref. C'était un signal convenu. Puis il ouvrit la porte avec une clé qu'il tira de sa poche : si quelqu'un d'autre avait sonné, il était bien entendu qu'elle ne devait même pas répondre. Il avait tout juste fini d'ouvrir la porte — cela demandait un peu de temps, c'était une serrure à six tours — qu'il entendit la voix de sa fille.

— Papa !

— C'est moi, Donatella.

Il était entré et l'avait embrassée — il le faisait toujours — comme s'il ne l'avait pas vue depuis des mois ; et il l'embrassait toujours de la sorte alors même qu'il venait de la voir quelques heures plus tôt. Il l'avait embrassée, puis il avait effectué les vérifications habituelles : fenêtres, verrous et gaz. Tout était en ordre. Le ménage était fait, et bien fait. Le mange-disques tournait déjà sur la table de la salle à manger. Comme toujours, il vérifia également les robinets de la salle de bains et ceux de l'évier de la cuisine. Un jour, justement, elle avait oublié de fermer le robinet de l'évier et, comme la bonde était fermée, l'eau s'était écoulée sur le carreau de la cuisine, mais il s'en était aperçu tout de suite et il n'y avait pas eu grand mal. Tout était en ordre. Il avait de nouveau embrassé Donatella et était reparti, pour retourner chez Gondrand.

— J'avais bien tout trouvé normal, mais je n'étais pas tranquille, dit Amanzio Berzaghi. J'avais comme un pressentiment, et je ne me sentais pas dans mon assiette... Ou alors c'était peut-être seulement une excuse pour aller boire un autre petit marc.

Excuse ou pressentiment, il but un autre petit marc, un seul, au bar d'en face, retourna chez Gondrand, travailla près d'une heure et téléphona chez lui vers midi. Cela faisait bientôt un an qu'il donnait tous ces coups de téléphone chez lui, et toujours — après un maximum de quatre ou cinq sonneries — la voix sourde, grave et mélodieuse de sa fille lui répondait : « Oui, papa. »

Mais, cette fois-là, elle ne lui répondit pas.

Il entendait seulement le *tuuuuu tuuuuu* qui se répétait de seconde en seconde. Il en compta dix, douze, de ces *tuuuuu*, puis il déposa le combiné pour essuyer son cou brusquement trempé de sueur. La ligne était libre, mais Donatella ne répondait pas. La sueur qu'il venait d'essuyer sur son cou lui coulait maintenant des tempes : c'était là sa réaction à l'angoisse, à la panique qui le submergeaient.

« Du calme. Sans ça, gare au coup de sang, et la pauvre Donatella restera toute seule et ils l'enverront mourir dans une maison de fous. Il ne peut pas être arrivé quelque chose de bien grave. Je l'ai vue il y a à peine une heure, même pas. Et puis, en admettant même qu'elle ait oublié de fermer le gaz, elle ne peut pas s'être asphyxiée : les fenêtres, quoique verrouillées, ne sont pas complètement fermées ; et si c'était un incendie, le concierge se serait tout de suite précipité avec sa clé. J'ai dû faire un faux numéro, comme l'autre fois. »

C'était déjà arrivé une fois, quelques mois plus tôt. Il s'était trompé en formant le numéro d'appel. Cela arrive même avec les numéros qui vous sont le plus familiers, tel celui de chez vous ; et, malheureusement, il était tombé sur un numéro où l'on ne répondait pas. C'était peut-être encore ce qui venait de se produire.

L'espoir lui redonna un peu de courage. Il reforma le numéro et attendit, écoutant cinq, dix, quinze fois la sonnerie qui signalait que la ligne était libre. Mais personne ne répondit, et il raccrocha le combiné.

« Je me suis peut-être encore trompé » — mais il savait bien qu'il n'en était rien, qu'il cherchait à s'illusionner — « ma main tremble, et je ne fais pas bien les numéros ».

Il reforma de nouveau le numéro, une fois, deux fois, trois fois, mais personne ne répondait. Il se leva en titubant, la peur au ventre. Il sortit en boitant d'autant plus fort qu'il courait presque.

— Il est arrivé quelque chose ? lui demanda le gardien avant de lui ouvrir la petite grille.

— Ma fille ne répond pas au téléphone, dit-il.

Tout le monde chez Gondrand connaissait son malheur ; et plusieurs de ses collègues lui avaient même offert d'envoyer leur femme, leur sœur ou leur fille surveiller Donatella. Mais Amanzio Berzaghi avait toujours poliment refusé, non point tant par orgueil que pour différentes raisons d'ordre pratique que son bon sens milanais lui rendait plus sensibles qu'à d'autres. Donatella réclamait une surveillance continue, de tous les instants, et que seules avaient pu assurer sa femme et sa belle-sœur. De plus, pour un étranger, une telle surveillance était une tâche ingrate et terriblement ennuyeuse : Donatella ne cessait de poser des questions ; elle voulait absolument parler et il fallait lui faire la conversation des heures durant. Une mère, un père pouvaient encore supporter cela, faire un sacrifice, mais on ne pouvait pas en demander tant à un étranger : il n'aurait pas résisté plus de quelques jours.

— Comment ça se fait ? demanda machinalement et ingénument le gardien en appuyant sur le bouton qui commandait l'ouverture de la petite grille.

Puis il essaya de se rattraper :

— Vous verrez, c'est sûrement rien. C'est peut-être seulement le téléphone qui est détraqué.

Amanzio Berzaghi ne répondit rien, se précipita au-dehors en boitant, traversa la place de la République, serra les poings devant les feux rouges, franchit au vert le second carrefour de la place, agita, en boitant, la main devant des voitures qui fonçaient sur lui — comme pour leur dire d'être indulgentes. Comme ex-conducteur du Milan-Brême, il savait mieux que personne ce que c'était qu'un piéton qui traverse au vert ; et il ne s'effraya pas davantage du crissement épouvantable d'un coup de frein donné sur sa droite que du capot de la Citroën qui s'était trouvé tout juste à deux centimètres de lui. Peut-être n'avait-il pas plus vu qu'il n'avait entendu. Tenant d'une main son genou déficient afin de boiter un peu moins, il arriva enfin devant le n° 15 de l'avenue de Tunisie, s'engouffra dans l'ascenseur, épongea en haletant son visage trempé d'une sueur qu'il sentait aussi lui couler dans le dos et sortit de la cabine en tenant déjà ses clés à la main. Puis, les dents serrées, il sonna comme convenu — un coup bref, un coup plus long, un autre coup bref — et, glissant une de ses clés dans la serrure, s'aperçut que sa main tremblait très fort. Dès qu'il eut ouvert la porte, il vit que Donatella n'était pas derrière à l'attendre, comme elle faisait chaque fois qu'il sonnait, et que, bien sûr, elle ne lui disait pas : « Oh ! papa » et qu'il ne pouvait évidemment pas l'embrasser.

Alors il se rua dans l'appartement et se mit à le fouiller fébrilement, aussi fébrilement qu'on fouille dans un tiroir pour y chercher quelque chose à la dernière minute. Il n'y trouva pas Donatella, dans aucune des pièces. Tous les verrous étaient en place ; toutes les fenêtres étaient closes et le compteur du gaz bien fermé. Il y avait deux assiettes sur la table de la cuisine. Deux assiettes dont l'une contenait les coquillettes à faire cuire, l'autre, du fromage râpé. Il y avait aussi un paquet de sel. Sur la cuisinière à gaz, le fait-tout rempli d'eau n'attendait plus qu'une allumette. Chacune des pièces était parfaitement en ordre et ainsi qu'il l'avait pu voir une heure plus tôt. Rien — ni chaise renversée ni vase de fleurs en morceaux sur le sol —, non, rien ne pouvait laisser supposer qu'il s'était passé quelque événement violent ou imprévu. Le mange-disques se trouvait à sa place habituelle, sur le petit divan devant le téléviseur, et il continuait même à diffuser l'air favori de Donatella : *Giuseppe in Pennsylvania*[1], chanté par Gigliola Cinquetti. Un air qu'il arrivait même parfois à Amanzio Berzaghi de chantonner au bureau, tellement il l'avait entendu : *Que fais-tu, Joseph, en Pennsylvanie ?* Pas la moindre vitre brisée, la moindre porte fracturée.

Le vieil homme, dans son affolement, alla même jusqu'à chercher Donatella sous le lit, sous les divans, dans les armoires, tous endroits où il était flagrant que la stature et le volume de la jeune fille lui interdisaient

1. *Joseph en Pennsylvanie. (N. d. T.)*

de se cacher. Puis, anéanti, il se laissa tomber sur le lit, tant pour réfléchir que pour essuyer la sueur qui lui coulait de partout. C'était à devenir fou. Non seulement sa fille n'était pas là, mais il n'y avait aucune trace de son invraisemblable disparition. Tout était bien fermé : la porte, avec sa serrure à six tours ; les fenêtres, dont les battants et les stores étaient également verrouillés. Rien n'avait été touché, fracturé, emporté, ni même seulement déplacé. Cela tenait de la magie. Donatella s'était volatilisée. Elle était encore là il y avait à peine une heure ; et voilà que, quoique les fenêtres et la porte fussent fermées et qu'il n'y eût guère de possibilités de sortir, voilà qu'elle avait disparu.

4

Le commissaire du quartier avait immédiatement et facilement établi qu'il ne s'agissait là ni de magie ni d'un quelconque tour de passe-passe. Il n'y avait qu'une seule explication possible, encore qu'inductive, à cette disparition. Quelqu'un, de parfaitement au courant des habitudes des Berzaghi, était parvenu à ouvrir la serrure à six tours, avait peut-être même sonné comme convenu et était entré dans l'appartement. C'était peut-être un beau garçon, et Donatella, qui n'était certes pas femme à lui résister, avait dû le suivre docilement. Le ravisseur devait avoir tout prévu, y compris la façon de sortir de l'immeuble sans être remarqué du concierge ni attirer l'attention des passants, alors qu'il emmenait avec lui une grande belle fille, aussi encombrante, aussi voyante, aussi bizarre. Cet enlèvement ne pouvait avoir qu'un but, un seul.

Non point le chantage : Amanzio Berzaghi n'était qu'un modeste employé de Gondrand et il n'aurait jamais eu assez d'argent pour payer une rançon. Non point la vengeance : Amanzio Berzaghi n'avait pas d'ennemis — sa pénible histoire lui attirant surtout des sympathies apitoyées — et Donatella n'en ayant pas davantage et n'en pouvant avoir, du fait de sa réclusion. Donc, le but de l'enlèvement, compte tenu de la beauté et de l'imposante plénitude physique de la jeune fille, ne pouvait être que la prostitution au bénéfice d'un tiers. Donatella Berzaghi avait été enlevée par quelqu'un qui n'ignorait rien de sa triste histoire, de son état mental et de ses habitudes quotidiennes. Enlevée pour être confiée à quelque « maison » hospitalière qui la proposerait à de riches clients que les débiles mentales n'effraient pas, pour peu qu'elles soient belles et nymphomanes.

L'habile fonctionnaire qu'était le commissaire du quartier ne voyait guère d'autre possibilité. Cela étant, il mena son enquête dans deux directions. Il interrogea d'abord tous les locataires du n° 15 de l'avenue de Tunisie. Pour connaître aussi bien cette adresse, pour enlever aussi facilement Donatella, il fallait nécessairement que le ravisseur fût un familier de son père ou quelqu'un qui connût bien la famille Berzaghi. Peut-être tout bonnement un voisin. Mais les différents interrogatoires n'avaient rien donné. Les locataires de l'immeuble n'étant tous que des « professions libérales », des employés ou des retraités, il semblait difficile qu'ils pussent avoir quelque rapport avec un enlèvement de ce genre. Le plus suspect de tous avait été le concierge. Amanzio Berzaghi lui ayant confié un double des clés de son appartement, afin qu'il pût en ouvrir la porte en cas d'incendie ou de toute autre calamité, et le ravisseur de Donatella devant obligatoirement la faire sortir par la grande porte de l'immeuble, il paraissait étrange qu'il déclarât ne l'avoir point vue passer. Mais, après l'avoir interrogé à différentes reprises et cuisiné durant des heures, le commissaire avait acquis la conviction que le concierge n'avait rien à voir dans cette affaire. C'était du moins ce qu'il avait écrit dans son rapport.

En second lieu, le commissaire — profondément ému par le terrible désespoir d'Amanzio Berzaghi — s'attacha surtout à enquêter dans le milieu des souteneurs et des maisons de rendez-vous. Mais ledit milieu est si vaste, si complexe et a de telles ramifications qu'après des mois et des mois, malgré la petite brigade spécialisée dont il disposait, le commissaire n'avait encore rien trouvé. À vrai dire, sa brigade n'avait seulement ratissé que la centième partie du monde quasi illimité du proxénétisme ; et il n'était pas impossible que Donatella ait été « expédiée » en Amérique du Sud ou bien au Moyen-Orient — où les femmes blanches font prime. Si cela était, le domaine du vice où il fallait rechercher la jeune fille s'agrandissait encore et atteignait à la dimension planétaire.

Pour sa part, la brigade des mœurs s'était naturellement adressée à Interpol, cependant que les questures des principales villes d'Italie avaient établi la traditionnelle petite fiche — *Service des recherches dans l'intérêt des familles. Messages téléphoniques n°s 658/h ou 329/b* —, laquelle avait été rejoindre, ainsi que la photocopie de la photographie de la personne disparue, tout un paquet d'autres fiches du même genre. S'il arrivait d'aventure qu'un agent rencontrât la personne en question, c'était déjà beau que, se souvenant de la photographie, il la reconnaisse et dise : « Voilà, je l'ai retrouvée. » Mais de là à ce qu'il se mette délibérément en campagne, non. Il n'en aurait du reste pas eu le temps, même si les journées avaient compté quarante-huit heures. De la civilisation de masse naît nécessairement la criminalité de masse. Aujourd'hui, la police ne peut plus s'offrir le luxe de ne rechercher qu'un criminel à la fois, de n'enquêter que sur une seule affaire. Aujourd'hui, on fait d'énormes rafles, à quoi participent conjointement les différentes brigades spécialisées : brigade des stupéfiants ; brigade des mœurs — laquelle a fort à faire avec la traite des Blanches, des Noires, des Jaunes — ; brigade anti-gang ; brigade financière ; brigade des jeux. La police n'opère plus maintenant que de cette façon dans la mer de fange, de crime et d'ordure des grandes villes où barbotent les voleurs, les souteneurs, les trafiquants de drogue et même les filles qui « tapinent » dans les supermarchés. C'est ainsi qu'elle ramène dans ses filets de bien répugnants poissons — menu fretin ou gros requins — et qu'elle les fait parler. De sorte que, parfois, un tout petit poisson reconnaît avoir volé, à Rimini, une Mercedes grise appartenant à un Allemand, un certain Ludwig Hattermeier, qui a du reste déclaré le vol en bonne et due forme. Mais il arrive aussi qu'on tombe sur un gros requin venu du Sud, occupé à implanter au centre même du plantureux Milan une section *Cosa nostra*[1] pour l'Italie du Nord. Il arrive même qu'on la lui démantèle à moitié et qu'on l'amène gentiment, ou presque, à révéler les noms de quelques-uns de ses complices ou même de ses chefs. C'est grâce à de telles opérations, menées scientifiquement, rationnellement, obstinément, grâce à de tels coups de filet que les polices du monde entier parviennent à garder le contrôle de ce que les Américains

1. *Cosa nostra* (littéralement : « Notre chose », ou mieux : « Notre affaire ») : coterie secrète américano-italienne qui s'apparente à la Mafia, avec laquelle elle entretient souvent d'assez étroites relations. (*N. d. T.*)

nomment « le quotient de délinquance », lequel ne cesse d'augmenter dans toutes les nations.

Il était clair que les centaines de rafles effectuées sur tout le territoire de la péninsule depuis plus de cinq mois — c'est-à-dire depuis la disparition de Donatella Berzaghi — n'avaient point permis à la police de ramener dans ses filets le moindre « poisson », gros ou petit, qui se pût rattacher de près ou de loin à la disparition de la jeune fille, que ce soit en tant que ravisseur, en tant que complice, en tant que tiers qui aurait seulement eu vent de la chose, en tant que tenancier de « maison » clandestine ou même en tant que femme de chambre de ladite « maison ». Interpol n'avait pas eu la main plus heureuse dans aucune des capitales d'Europe : elle n'y avait trouvé trace d'aucune fille mesurant près de deux mètres et ne pesant pas loin de cent kilos ; pas plus du reste qu'à Marseille ou Hambourg. Elle n'avait pas non plus réussi à « piquer » quelqu'un qui en aurait entendu parler.

Durant cinq longs mois, le pauvre père n'avait cessé de frapper à la porte du bureau du commissaire de police du quartier pour lui demander s'il avait enfin des nouvelles de sa Donatella, et ce malheureux fonctionnaire, littéralement débordé, ne lui avait jamais fait que cette seule et même réponse : « Je regrette, monsieur Berzaghi, mais nous n'avons encore rien de neuf. »

La réponse de Duca Lamberti fut tout autre. Il ouvrit la porte à ce père désemparé, à ce père aux yeux encore tout humides de larmes après cette longue conversation, fixa ces pauvres yeux fiévreux, ces pauvres yeux brûlés par les veilles de cinq longs mois d'agonie, et dit :

— Je vais personnellement reprendre l'enquête à zéro, et vous pouvez être sûr que nous ferons tout ce qu'il sera humainement possible de faire pour retrouver votre fille.

Puis, pour réconforter un peu Amanzio Berzaghi et lui donner le courage de patienter encore, il ajouta :

— Nous la retrouverons.

Cela dit, Duca referma la porte sur son visiteur. Il sentait qu'il serait peut-être allé jusqu'à tuer quelqu'un pourvu que cela lui permît de retrouver la fille de ce vieil homme. Il n'eut pas le temps de faire grand-chose, ni même de se démener beaucoup. Il eut tout juste le temps d'étudier les divers dossiers relatifs à la disparition de Donatella Berzaghi — ceux de Milan, bien sûr, mais aussi ceux des autres questures et d'Interpol. Puis, brusquement, alors qu'on ne s'y attendait guère, Donatella Berzaghi fut retrouvée.

5

Duca avait pris place sur le siège avant, mais c'était Mascaranti, son adjoint, qui tenait le volant. La grosse Alfa Romeo de la police roulait lentement en ce soir encore tiède du début d'octobre. Un ciel criblé d'étoiles s'étendait au-dessus d'un Milan que l'automne semblait ignorer : ni vent, ni humidité, ni feuilles mortes tournoyant à l'entour des quelques rares arbres. On aurait pu croire à une soirée d'août un peu fraîche, d'autant que l'air était incroyablement limpide et que n'y flottait même pas la moindre odeur de brouillard. Il était dix heures et demie et les rues étaient à peu près désertes. L'Alfa traversa l'obscure, la vaste, la déserte place de la République dans toute sa longueur. Duca avait glissé la main dans la poche de son veston comme pour s'assurer que la seringue, toute prête, enveloppée d'ouate et remplie de Mixopan — il n'aurait seulement à faire qu'une piqûre — s'y trouvait toujours. Il regarda machinalement défiler sous ses yeux la place de la République presque totalement vide ; puis ce fut le tour de l'avenue de Tunisie, guère plus animée et où la voiture stoppa devant le n° 15.

Amanzio Berzaghi, prévenu par téléphone, les attendait sur le trottoir, devant l'immeuble. Duca descendit. Le vieil homme tremblait très fort, l'air égaré, l'œil empli d'épouvante.

— Qu'est-ce qui se passe ? bredouilla-t-il.

— Votre fille est... dit Duca.

Le vieil homme l'interrompit, bredouilla de nouveau fébrilement quelque chose. On ne comprenait pas bien ce qu'il voulait dire. On ne l'entendait même pas, parce qu'il parlait à voix basse, comme s'il craignait de troubler le silence et la paix de cette avenue de Tunisie si inexplicablement silencieuse et calme ce soir-là. Pourtant, dans ce bredouillement angoissé, Duca crut au moins distinguer :

— Où est-elle, où est-elle ? Je veux la voir tout de suite.

— Bien sûr, dit Duca en le soutenant par le bras. Mais montons un moment chez vous, il faut que je vous parle.

Amanzio Berzaghi leva les yeux vers lui. On y lisait une grande confiance, sa joie d'avoir retrouvé sa fille, mais aussi de la terreur.

— Il y a du vilain ? demanda-t-il.

— Montons, répéta Duca. Il faut que je vous parle.

Le vieil homme acquiesça d'un signe de tête. La porte de l'immeuble était ouverte ; il l'ouvrit davantage encore, fit passer Duca et Mascaranti devant lui, puis referma.

— L'ascenseur est un peu petit, dit-il en bredouillant toujours.

Il était vraiment très petit : ils y tenaient à peine tous les trois, épaule contre épaule. Et brusquement, tandis que l'ascenseur montait, Amanzio Berzaghi cria, pas tellement fort, mais d'une voix très nette et non plus bredouillante :

— Qu'est-ce qui est arrivé ? Elle est morte, hein ? Si elle n'était pas morte, vous ne seriez pas venus à une heure pareille.

L'ascenseur s'était arrêté. Le vieil homme se tenait appuyé du dos contre les deux petites portes, mais il ne les ouvrit pas. Là, dans cet ascenseur fermé, il répéta clairement, presque machinalement :

— Elle est morte, hein ? Si elle n'était pas morte, vous ne seriez pas venus à une heure pareille.

Duca palpa la seringue au travers de la poche de son veston. Le métier de policier est parfois bien difficile.

— Oui, elle est morte.

Et il parla nettement, distinctement, lui aussi, pour que le vieil homme comprît immédiatement, pour ne point laisser place au doute.

Ayant parfaitement entendu la phrase de Duca et parfaitement compris ce qu'elle signifiait — la mort de sa fille — le vieil homme, s'apercevant seulement alors que l'ascenseur était arrêté, s'écarta et ouvrit les deux petites portes.

— Excusez-moi, dit-il en bousculant Duca et Mascaranti.

Puis il alla glisser une de ses clés dans la serrure de sa porte, d'une main brusquement redevenue ferme, après avoir tant tremblé, comme si l'annonce de la mort de sa fille lui avait redonné cette maîtrise de soi et ces forces physiques et morales passagèrement annihilées par la tragique incertitude dans laquelle il s'était jusqu'alors débattu. Maintenant, au moins, il savait. Il ouvrit la porte.

— Entrez, dit-il d'une voix qui n'était plus celle de tout à l'heure, une voix navrante et qui semblait sortir d'un magnétophone ou d'un transistor.

Duca et Mascaranti entrèrent dans le petit appartement. Amanzio Berzaghi vacillait. Duca le prit instinctivement par le bras pour le soutenir.

— Merci, dit le vieil homme en se libérant, poliment mais fermement, de cette aide qu'il n'avait point demandée.

Il alluma toutes les lampes de la petite pièce.

— Asseyez-vous.

Il désigna de la main le petit divan aux deux policiers et prit place dans un petit fauteuil. Sur la petite table ronde, entre son fauteuil et le divan, il y avait un mange-disques rouge où se voyait encore un disque. Toujours le même depuis cinq mois. Amanzio Berzaghi n'y avait pas touché depuis le jour de la disparition de sa fille : c'était *Giuseppe in Pennsylvania*, chanté par Gigliola Cinquetti.

— Je veux la voir même si elle est morte ; je veux la voir tout de suite, dit Amanzio Berzaghi de sa voix navrante qui devenait de plus en plus sourde, de plus en plus impersonnelle et qui n'avait plus rien d'humain, comme si ç'avait été celle d'un robot ou de quelque appareil mécanique.

— C'est bien pour ça que nous sommes venus, dit Duca, mais il faut d'abord que je vous parle.

— Parlez, dit le robot par la bouche de son broussailleux visage grisâtre. Parlez.

C'était plus un ordre qu'une supplication.

Duca passa de nouveau la main sur la poche droite de son veston où se trouvait la seringue remplie de Mixopan. Il fixa un instant la tache rouge du mange-disques, jeta un rapide coup d'œil au vieil homme, examina plus rapidement encore l'ameublement de la petite pièce — un bon pastiche « fin de siècle » à la portée de toutes les bourses — puis il commença à parler.

6

— Hier matin, votre fille, sur la vieille route de Lodi... dit Duca tout à trac.

Rien n'est facile à dire, pas même bonjour, mais ce qu'il lui fallait dire à ce père — la mort de sa fille — était franchement impossible, surtout à cause des détails de cette mort. Des détails dont il devait absolument, nécessairement lui parler. Aussi, quoiqu'il lui en coutât, s'efforça-t-il de le faire à l'aide de mots, de phrases qui pourraient atténuer les choses — mais était-ce seulement possible ? — et les rendre moins horribles, alors qu'elles l'étaient abominablement.

— Hier matin, votre fille, sur la vieille route de Lodi... répéta Duca.

Et, résolument, il entreprit de raconter sa sanglante histoire.

La veille au matin, sur la vieille route de Lodi — qui n'est en fait que la voie Émilienne des Romains. Il était environ sept heures. Le temps était beau et limpide. Il faisait doux. Des véhicules — voitures particulières et poids lourds — sillonnaient, comme toujours, la route dans les deux sens. Des paysans rôdaillaient déjà par les champs ; un tracteur manœuvrait dans une cour de ferme, du côté de Muzzano, et, bientôt, son ronflement allègre s'était allé perdre dans l'immensité de la plaine. De loin en loin, dans les fossés qui bordaient la route — cette vénérable voie Émilienne qui traverse l'entière plaine du Pô — se voyaient de petits feux de mauvaises herbes, d'immondices et de chaume. De petits feux que les paysans allumaient pour nettoyer leurs champs. De petits feux qui ne flambaient jamais, mais qui fumaient beaucoup en dégageant, parfois, une odeur désagréable. De temps en temps, l'épaisse fumée de ces petits feux envahissait ce que la police de la route appelle la « zone de circulation » ; et les voitures et poids lourds qui passaient avaient alors l'impression de passer au travers d'un incendie, de la fumée d'un incendie, et aspiraient du même coup, un bref instant, l'odeur plus ou moins déplaisante de ces feux d'herbes.

Certains conducteurs de poids lourds et autres véhicules avaient bien remarqué, en traversant l'un de ces nuages de fumée, qu'il s'en exhalait une odeur bizarre, particulièrement nauséabonde, qui ne devait rien ni aux herbes ni au chaume d'automne, ni au fumier, et qui n'était pas non plus le relent de quelque détritus étranger, tel qu'une vieille bâche ou un bout de pneu de bicyclette. Non, cela avait au contraire quelque chose d'écœurant, de douceâtre, mais les véhicules, ou plutôt leurs conducteurs, bien qu'ils eussent senti cette âcre et écœurante odeur, ne la percevant plus dès qu'ils avaient traversé le nuage de fumée, l'avaient aussitôt oubliée. Mais un paysan qui passait par là l'avait sentie lui aussi. Fusil en bandoulière, il cherchait son chat pour l'abattre, car l'animal, devenu subitement enragé, se cachait aux abords de sa ferme et se jetait, soufflant et bavant, à la tête de ses petits-enfants et de ses poules pour leur arracher les yeux. En bon paysan, à l'odorat naturellement développé, il avait immédiatement perçu cette étrange odeur et repéré l'épaisse fumée qui s'élevait du fossé de la vieille voie Émilienne, en bordure de son propre champ. Le fusil lui battant les épaules, il s'était alors approché du feu, reconnaissant à mesure qu'il avançait — mais n'en croyant pas ses yeux — l'origine de cette écœurante odeur. Une fois devant l'espèce de meule fumante d'où s'exhalait cette sinistre, cette absurde puanteur, il avait distingué, au travers des volutes de fumée qui montaient de ce maigre bûcher, une grande, grande, grande main qui sortait de dessous le tas de chaume, d'herbes et d'immondices qui se consumait lentement. Une main aux ongles laqués, une main de femme, aux ongles d'un rouge voyant et puéril de lycéenne. Tout rude qu'il était, comprenant immédiatement la nature de ce qu'il venait de voir, il avait eu une nausée de dégoût. Un instant plus tard, agitant les deux bras, après avoir grimpé sur le bord de la route, le fusil bringueballant dans son dos, il avait contraint à s'arrêter la première voiture qui passait. Puis, tout en s'efforçant de réprimer les haut-le-cœur qui l'assaillaient, il s'était expliqué tant bien que mal :

— Il y a une femme qui brûle, là-dessous, avait-il dit au conducteur. Allez tout de suite à la police...

Il lui avait fallu répéter sa phrase dans son rauque patois bas-lombard :

— Il y a une femme qui brûle, là-dessous. Allez tout de suite à la police...

Il lui avait fallu la répéter au milieu de l'intolérable puanteur qui montait du fossé avec la fumée. Car l'homme qui était au volant, bien qu'ayant parfaitement entendu ladite phrase, regardait le paysan d'un air réprobateur et sceptique, croyant à une plaisanterie macabre et déplacée ou bien qu'il avait affaire à un ivrogne halluciné. Au surplus, il enrageait qu'on l'eût arrêté, car il était déjà en retard.

— J'ai vu la main ; elle sort de là ; elle a des ongles rouges. C'est une femme, et elle brûle là-dessous, avait poursuivi le paysan dans son rauque patois bas-lombard qu'il avait tenté d'italianiser tant bien que mal pour se faire mieux comprendre.

Alors l'homme qui était au volant avait vu que le paysan ne lui mentait pas, que ce qu'il disait était vraiment vrai ; et il avait aussitôt imaginé, au-delà du rideau de fumée dont il percevait maintenant l'odeur sinistre, cette main aux onglés laqués et qui sortait de la meule fumante. Il avait eu, lui aussi, envie de vomir et il avait brusquement dit, en se raclant la gorge :

— J'y vais tout de suite, j'y vais tout de suite.

Puis il avait démarré en écrasant un peu trop l'accélérateur, en embrayant trop brutalement, et la voiture avait fait une embardée.

Les carabiniers de Muzzano étaient arrivés presque immédiatement ; puis ç'avait été le fourgon mortuaire, venu de Milan avec la brigade spéciale en combinaison imperméable. À la morgue, les médecins légistes avaient déclaré — sans pourtant en être sûrs — que la mort de la jeune fille devait remonter à la veille au soir, vers minuit, et que son cadavre brûlait depuis au moins cinq heures du matin, peut-être même depuis un peu plus tôt. Ils n'avaient pu établir avec certitude que deux choses : 1° que la jeune fille, avant d'être enfouie sous l'espèce de meule fumante, avait été sauvagement frappée au visage dans le but évident d'empêcher toute identification et que le feu avait lentement et totalement achevé de la défigurer ; 2° qu'elle mesurait près d'un mètre quatre-vingt-quinze et qu'elle devait peser pas moins de quatre-vingt-quinze kilos, compte tenu de la perte de poids inhérente aux circonstances épouvantables de sa mort.

C'étaient là les deux seuls éléments qui permettaient de penser que la morte pouvait être Donatella Berzaghi. Donatella n'était pas la seule Italienne à mesurer un mètre quatre-vingt-quinze et à peser quatre-vingt-quinze kilos, mais elle était la seule femme qui, présentant de tels « avantages » somatiques, avait mystérieusement disparu de chez elle.

Duca était sûr, absolument sûr, que la morte était bien Donatella Berzaghi. Il avait du reste dit au père, dans l'ascenseur :

— Oui, votre fille est morte.

Mais, la loi exigeant une identification officielle, il fallait que quelqu'un examinât la pauvre dépouille mutilée et affirmât que, en s'en rapportant à certains détails et signes particuliers relevés sur ladite dépouille, il reconnaissait formellement et jurait que c'était bien là celle de Donatella Berzaghi.

Sans cette formalité, la dépouille se voyait enregistrée en tant que « cadavre non identifié ». Et l'on ne pouvait pas rechercher l'assassin de Donatella Berzaghi si l'on n'était pas sûr qu'elle avait été assassinée, car, aux yeux de la loi, la jeune fille continuait d'être vivante tant qu'on n'apportait pas la preuve de sa mort.

Le seul homme au monde capable de dire si la pitoyable dépouille de la morgue de Milan était ou non celle de Donatella Berzaghi était bien le père de la malheureuse. Amanzio Berzaghi pouvait et reconnaître sa fille et jurer que c'était là son cadavre.

Duca s'était rendu avenue de Tunisie pour y remplir le plus cruel, le plus répugnant des devoirs qu'un policier puisse jamais remplir : inviter un père à reconnaître le cadavre mutilé de sa fille sur la table de marbre de la morgue. Et il l'avait fait ; il avait eu le courage de formuler cette sadique invitation.

— Bien sûr, je viens tout de suite, dit Amanzio Berzaghi.

Il voulait dire : « Allons tout de suite à la morgue. »

Il appuya les mains sur les petits accoudoirs de son petit fauteuil pour tenter de se lever, mais il n'y parvint qu'à demi et se serait sûrement écroulé, la tête la première, si Duca — qui pressentait la chose depuis un moment, pour avoir remarqué combien les traits du vieil homme s'étaient mortellement altérés tandis qu'il lui racontait l'histoire de la mort de sa fille —, si Duca ne l'avait aussitôt retenu et pris dans ses bras, comme on prend dans ses bras un enfant pour l'aller mettre au lit. Il avait pourtant eu bien soin d'éluder sciemment certains détails, de peser prudemment, et même hypocritement, chacun de ses mots, de limiter ses descriptions à l'essentiel, afin d'éviter que le pauvre père ne sombrât d'un coup dans la folie.

— Mascaranti, trouve-moi la chambre à coucher, dit-il.

Mascaranti trouva presque immédiatement l'une des chambres du petit appartement. C'était à coup sûr celle de Donatella, à en juger par les nombreuses poupées qui jonchaient le lit-divan. Des poupées dont l'une était très grande et qui, toutes, portaient la longue et fastueuse robe de cour de Blanche-Neige.

— Pas cette chambre-là, dit Duca. S'il revient à lui au milieu de toutes ces poupées de sa fille, il est capable de s'évanouir encore un coup. Il doit bien avoir une chambre à lui.

Il en avait une, en effet. Toute proche. Duca déposa le vieil homme sur son lit, lui prit le pouls et vit qu'il faiblissait. Il tira alors la seringue de sa poche, remonta la manche du pull-over d'Amanzio Berzaghi, celle de sa chemise, et lui fit une piqûre intramusculaire, là où le bras était le moins velu, lui injectant lentement tout le Mixopan que contenait la seringue. Cela fait, il la réenveloppa dans l'ouate imbibée d'alcool et la remit dans sa poche ; puis il desserra la cravate du vieil homme étroitement nouée, lui déboutonna le col de sa chemise, lui desserra sa ceinture et lui reprit le pouls. Il était toujours aussi faible.

— Va voir à la cuisine, dit-il à Mascaranti, s'il n'y a pas du marc ou quelque chose d'autre, quelque chose de fort.

Mascaranti sortit, et Duca entendit presque aussitôt,

dans le silence de la nuit, le bruit sourd des portes que son adjoint ouvraient et refermaient pour chercher le marc. Il regarda le vieil homme étendu sur le lit, en lui tenant toujours le pouls. Amanzio Berzaghi était immobile et flasque. On aurait dit que son « mécanisme » interne avait éclaté d'un coup. Les yeux fermés, il n'était ni mort ni mourant, mais bien évidemment annihilé, pareil à ces transistors extérieurement intacts, mais pourtant irrémédiablement muets.

En le regardant, Duca éprouva une brusque envie de tuer celui ou ceux — qu'ils fussent dix ou même vingt — qui avaient assassiné la fille de ce vieil homme. Une irrépressible envie de supprimer physiquement les répugnants individus qui avaient commis cet horrible crime.

— Il n'y a pas de marc, il y a seulement du vin, dit Mascaranti en revenant.

Duca secoua la tête : le vin n'était d'aucun secours. Amanzio Berzaghi, pour ne point se laisser aller à boire un peu trop de marc, n'en avait pas chez lui. Si bien que, chaque fois qu'il désirait en boire, il lui fallait sortir.

— Ça ne fait rien, dit Duca.

Il sentait que, sous l'effet du Mixopan, le pouls du vieil homme se remettait progressivement à battre normalement. Il s'efforçait de ne point penser à ce que peut éprouver un père qui, aimant maladivement une fille arriérée, apprend que ladite fille a été assassinée et qu'on l'a retrouvée à demi brûlée sous un tas fumant de mauvaises herbes et d'immondices. Mais il avait beau faire, son esprit le ramenait sans cesse, masochistement, à ce que le vieil homme avait dû ressentir et ressentait encore.

— Monsieur l'inspecteur...

La voix semblait venir du tréfonds d'un puits de douleur. Duca, qui s'apprêtait à dire à Mascaranti d'aller acheter une bouteille de marc, Duca tourna brusquement la tête et vit que le vieil homme avait ouvert les yeux. Des yeux au regard fixe qui, sous l'épaisse broussaille des sourcils et au plus profond des profondes orbites, luisaient sourdement comme le font, la nuit, les heures lumineuses d'un gros réveil.

— Rien de grave, dit Duca, qui savait que le vieil homme craignait un infarctus. Un simple évanouissement.

Amanzio Berzaghi, qui le fixait, continua de le fixer encore un long moment, puis il dit, de sa voix râpeuse, sifflante, de tourne-disque fatigué :

— Je vais mieux, monsieur l'inspecteur, nous pouvons y aller.

Il voulait dire : « Nous pouvons aller à la morgue reconnaître ma fille. » S'appuyant du bras sur le lit, il voulut se lever, mais Duca l'obligea à demeurer encore étendu.

— Patientez un petit moment, lui dit-il.

— Je veux y aller tout de suite, dit le vieil homme.

— Bien sûr, dit Duca, mais il faut d'abord que je vous parle.

Le Mixopan est un stimulant qui agit également sur le cerveau et qui donne à celui à qui on l'injecte une grande lucidité d'esprit. On a en effet remarqué que, dans les cas de dépression ou de syncope, un renforcement immédiat et puissant des facultés psychiques contribue grandement au rétablissement des fonctions vitales : le corps, obéissant alors à un esprit lucide et dynamique, revient plus rapidement à son état normal.

Les yeux du vieil homme, toujours sourdement phosphorescents quoique un peu plus vivants, acquiescèrent. Oui, il voulait bien l'écouter, mais c'était par pure politesse.

— Vous n'êtes pas obligé de venir à la morgue

reconnaître votre fille, dit Duca. Vous pouvez même refuser.

— Je veux revoir ma fille, dit Amanzio Berzaghi, parfaitement conscient et décidé sous l'effet du Mixopan.

— Je voudrais que vous me compreniez bien... dit Duca.

Puis, toujours en choisissant soigneusement chacun de ses mots, en « gommant » ce qu'il avait à dire pour en atténuer l'horreur et la cruauté, il s'efforça de faire entendre au vieil homme qu'il ne s'agissait plus pour lui de « revoir sa fille », que Donatella avait été atrocement assassinée, qu'on l'avait sauvagement frappée tant au visage que par tout le corps, peut-être à coups de pierre, qu'on l'avait enfin enfouie sous une espèce de meule fumante, afin d'empêcher définitivement son identification, et qu'elle s'y était consumée jusqu'à ce que le paysan au fusil, qui cherchait son chat pour l'abattre, la découvre, derrière des volutes de fumée, à cause de sa grande main aux ongles laqués.

— Vous n'êtes pas obligé de venir à la morgue, dit Duca. La loi ne vous oblige pas à reconnaître votre fille dans ces conditions-là. Signez-moi un papier comme quoi vous vous refusez à remplir cette formalité, et l'administration s'en contentera.

Il serra les dents de rage.

— Nous retrouverons quand même l'assassin de votre fille, même si vous ne la reconnaissez pas, et nous le châtierons comme il le mérite !

— Je veux voir ma fille, dit Amanzio Berzaghi.

Le Mixopan commençait à produire son plein effet. Le vieil homme se leva fermement, souplement, comme un jeune sportif qui fait une flexion.

— Allons-y, dit-il.

Maintenant ils étaient tous les trois debout : Amanzio Berzaghi, Duca Lamberti et Mascaranti. Le vieil homme avait repris artificiellement des couleurs grâce à la piqûre, et il se tenait bien droit, inébranlablement décidé.

— D'accord, dit Duca.

Puis il ajouta :

— Merci.

La morgue sembla extraordinairement proche à Duca et à Mascaranti. Mais peut-être pas au vieil homme, qui se tenait sur le siège arrière, toujours bien droit, et qui descendit de voiture avec eux dans l'obscurité du terre-plein, devant le pavillon d'angle, entra avec eux quand le garçon de salle de service vint leur ouvrir, descendit avec eux au sous-sol, en compagnie du médecin légiste, qu'on avait brutalement tiré du fauteuil où il somnolait en bras de chemise. Puis, toujours avec eux, il suivit le long couloir où s'ouvraient les chambres froides ; et ils ne s'arrêtèrent tous que lorsque le garçon de salle qui marchait en tête ouvrit la porte de l'une d'elles.

Duca empoigna par un bras le vieil homme, qui voulait entrer tout de suite pour « revoir sa fille », comme il disait, et le retint devant la porte. Il avait déjà vu, lui, et savait à quoi s'en tenir.

— Non, n'entrez pas ; retournons chez vous, dit-il. Que vous la reconnaissiez ou non, cela n'a aucune importance. N'entrez pas ; allons-nous-en.

Il suppliait presque.

Mais Amanzio Berzaghi se dégagea et entra tout de même. L'éclairage fluorescent de la lugubre petite pièce semblait aberrant, comme toujours en ces sortes d'endroits, tant il était tout ensemble aveuglant et livide. Duca suivit aussitôt le vieil homme et lui reprit le bras. Le médecin légiste regarda Duca, et celui-ci lui fit un signe d'assentiment. Alors le médecin légiste et le garçon de salle soulevèrent et rabaissèrent une espèce de drap caoutchouté d'un gris rougeâtre. Et

Amanzio Berzaghi regarda, avant tous les autres. Duca avait déjà vu la jeune morte quelques heures auparavant, mais, dans l'impressionnant silence que l'aveuglante lumière qui tombait du plafond rendait plus impressionnant encore, et tout en serrant très fort le bras du malheureux père, il regarda de nouveau cette lamentable dépouille exposée là, devant eux, sur la table de marbre réfrigérée, et qui, jusqu'à la veille encore, avait été la vivante Donatella Berzaghi.

Duca sentit qu'il lui fallait parler.

— Voulez-vous partir ? demanda-t-il au vieil homme.

— Non, dit Amanzio Berzaghi.

Duca comprit que ce « non » n'était pas tant dû au Mixopan qu'à un profond, un irrépressible désir de revoir sa fille. Même dans le triste état où elle se trouvait, et qui ne permettait que difficilement d'assimiler sa dépouille à celle d'un quelconque être humain — à l'exception, toutefois, de sa main droite, qui n'était point brûlée : une main blanche, humaine. Humaine surtout à cause de ses ongles intacts et laqués d'un rose niais, attendrissant, d'avant 14 ; à cause aussi de ses longs doigts d'une pâleur toute féminine, et que le feu avait épargnés. Alors, après un lourd silence, qui semblait sourdre de l'aveuglante clarté des tubes fluorescents, le vieil homme dit :

— Oui, c'est bien son rose. Il y en a même à la maison dans la salle de bains. La petite bouteille de laque est de cette couleur-là.

Il disait « laque » au lieu de « vernis » ; il parlait d'une voix haletante, mais qui ne tremblait pas ; il parlait clairement, avec une grande précision.

— Regardez, il y a de la même laque sur l'ongle de son gros doigt de pied, de son pied droit. Là, tenez...

Il avança la main et toucha le gros orteil du pied droit de sa fille, lequel, un peu comme la main droite et, par on ne savait quel miracle, n'ayant point été touché par le feu, attirait le regard et par sa blancheur et par cet ongle laqué de rose.

— Oui, c'est bien son rose ; il y a la petite bouteille dans la salle de bains, répéta Amanzio Berzaghi.

— C'est bien votre fille ? Vous la reconnaissez ? demanda Duca.

Le vieil homme acquiesça d'un signe de tête.

— C'est bien elle. Je la reconnaîtrais même s'il n'y avait pas ce rouge sur ses ongles.

Il la reconnaissait sûrement eu égard à la taille et au volume de sa dépouille, mais il la reconnaissait surtout par une sorte d'intuition toute paternelle qui lui disait que ces misérables restes — quoique méconnaissables — étaient indubitablement ceux de sa fille. L'épaule, l'os de l'épaule pointait un peu.

— Tenez, vous voyez ?...

Le feu n'avait point effacé la saillie des omoplates, plus apparentes dans ce grand corps qu'en aucun autre, du fait de la courbe féminine des épaules.

Debout, très droit, soutenu, bien sûr, par le Mixopan, mais aussi par quelque force secrète, Amanzio Berzaghi dit encore :

— Et puis il y a aussi cette marque au pied droit.

Il la montra du doigt.

— C'est une chute qu'elle a faite quand elle était toute petite. On a bien cru qu'elle resterait boiteuse toute sa vie, mais on a trouvé un bon chirurgien et il l'a tirée d'affaire.

Duca fit signe au garçon de salle de recouvrir la dépouille.

— Venez, dit-il au vieil homme.

Amanzio Berzaghi se laissa emmener comme à regret. Dans le bureau du médecin légiste, qui tombait de sommeil, il signa le procès-verbal d'identification : *Le corps déposé dans la chambre froide n° 5 a été formellement reconnu par le nommé Ber-*

zaghi, Amanzio, comme étant celui de sa fille, Berzaghi, Donatella, ainsi qu'il ressort des données anatomiques et des détails somatiques ci-après... Suivaient lesdits détails et données qui avaient permis l'identification : la laque rose des ongles, la cicatrice au pied, etc.

Puis Duca, tenant toujours Amanzio Berzaghi par le bras et suivi de Mascaranti, quitta le funèbre pavillon. Les trois hommes remontèrent en voiture. Mascaranti prit le volant, cependant que Duca s'asseyait à ses côtés et Amanzio Berzaghi à l'arrière. Raides et muets, ils regagnèrent l'avenue de Tunisie dans un silence glacial — de chambre froide. Ils descendirent devant le n° 15, et le vieil homme ouvrit maladroitement la porte de l'immeuble. Duca tira de sa poche de poitrine un petit sachet de papier pareil aux sachets de sucre en poudre des cafés italiens.

— Tenez, voici deux comprimés. Ça vous aidera à vous endormir.

— Merci, dit le vieil homme en prenant le petit sachet.

— Monsieur Berzaghi, dit Duca à voix basse, monsieur Berzaghi, il vous faut vivre. Vous pouvez beaucoup aider notre enquête.

— Vous pensez que je veux me tuer ? s'exclama le vieil homme en élevant brusquement la voix.

C'était bien là ce que craignait Duca. Amanzio Berzaghi reprit, d'un ton assourdi mais passionné :

— Non, je veux vivre, vivre jusqu'à ce qu'on retrouve l'assassin de ma fille.

Sa voix, sa voix rauque et stridente, semblait s'exhaler de tout son visage velu, broussailleux et, plus encore, de ses yeux profondément enfoncés dans leurs orbites comme des braises vertes dans un masque de cendre.

— Et si vous ne le retrouvez que dans mille ans,

j'attendrai mille ans avant de mourir pour voir enfin la tête qu'il a, cet assassin.

Le vieil homme pénétra dans l'immeuble et se perdit bientôt dans l'ombre, derrière les vitres de la porte. Duca se sentit rassuré : Amanzio Berzaghi ne se tuerait pas. Il en avait maintenant la certitude.

CHAPITRE II

— Comment t'appelles-tu ?
— La môme Cirage, la pute noire.
— Pourquoi t'avilis-tu, te démolis-tu comme ça ?
— Pourquoi que je le ferais pas ? Tout est tellement dégueulasse.
— Peut-être pas tout.
— Si, tout. Même toi, flic de mon cœur. Tu viens dans ce claque, à l'aurore, comme un jeunot qui peut plus y tenir, et puis t'es qu'un sale flic. Tout est dégueulasse, je te dis, on peut se fier à personne. Les gens et le reste, c'est jamais comme on croit.

1

La porte du bureau de Duca s'ouvrit avec violence, et Mascaranti entra : il tenait, par le revers de sa veste de velours vert olive, un petit jeune homme qui portait également un gros pull jaune à col roulé. Un petit jeune homme aux cheveux noirs, et qui brillaient autant que des chaussures noires bien cirées. Un petit jeune homme au teint olivâtre, avec un regard très noir et qui rappelait justement la couleur et le brillant des chaussures en question.

— Allez, entre, Sicilien de mes fesses, ou gare à ta petite gueule ! hurla Mascaranti en traînant derrière lui ce charmant échantillon d'humanité.

— On ne traite pas de cette façon un de ses compatriotes, dit Duca. Il me semble bien me rappeler que tu es aussi du même coin, non ?

— Oui, mais j'ai rien à voir avec cette merde-là. J'ai dû le traîner comme ça tout le long de la rue parce qu'il chialait et qu'il disait que, si on le mettait en cabane, il se buterait. Eh bien ! ne te gêne pas, salopard !

Et Mascaranti l'envoya dinguer contre la table de Duca. Le petit jeune homme s'y appuya des deux mains pour amortir le choc et tourna vers Duca son visage olivâtre, que ses longs cheveux noirs couronnaient comme d'un casque.

— M'arrêtez pas, monsieur l'inspecteur, me renvoyez pas chez moi.

Là-dessus, le petit jeune homme se mit à pleurer tout en se passant les mains sur la figure, cependant qu'il parlait et sanglotait.

— Si vous le faites, je me tue pour de bon.

Il avait les ongles très blancs, des ongles qui disaient l'anémie. De plus, la maigreur de son visage, son corps mince aux épaules étroites et le souffle, surtout, qui lui manquait à la moindre émotion, évoquaient, pour Duca qui l'observait en médecin, et la tuberculose et des difficultés cardiaques.

— Assieds-toi, lui dit gentiment Duca.

Et, plus gentiment encore, il ajouta :

— Et ne pleure plus, voyons.

Le petit jeune homme s'assit devant la table de Duca. Mascaranti se tenait debout derrière lui, rongeant son frein.

— J'ai dû le traîner jusqu'ici comme un chien qui se débat pour ne pas qu'on lui mette sa laisse, dit Mascaranti.

La colère élargissait encore son large visage.

— C'est le plus beau salaud qu'on ait jamais vu dans cette ville, et, quand je vais le cueillir chez lui pour l'amener ici, Monsieur se met à jouer les pucelles outragées.

» — Je vais me tuer, je vais me tuer, qu'il me dit.

» Eh bien ! tue-toi, hé ! ordure !

— Assez ! dit Duca. Va donc faire un petit tour.

Puis il tendit la main vers Mascaranti, en un geste qui signifiait que son adjoint devait lui donner une cigarette. Mascaranti lui en donna une et sortit, après un dernier regard de colère pour le petit jeune homme qui se tenait assis devant la table. « Le plus ignoble type que j'aie jamais eu le déshonneur de rencontrer », se dit Mascaranti en refermant la porte. Mais, quand on est dans la police, les rencontres de cette sorte font évidemment partie du métier.

Duca tira deux bouffées de sa Nationale[1] et attendit quelques secondes, puis, s'adressant au petit jeune homme, qui finissait de s'essuyer les yeux du revers de la main, il dit, en consultant une sorte de fiche établie par Mascaranti :

— Alors, tu t'appelles Salvatore Carasanto et tu as vingt-deux ans.

Il aspira une nouvelle bouffée de cigarette.

— J'ai dit : « Vingt-deux ans », et tu es déjà le plus beau maquereau qu'on ait jamais vu dans cette capitale morale de l'Italie. Je veux dire Milan. Tu as livré à la prostitution des dizaines et des dizaines de filles. Tu fournis presque toutes les maisons de rendez-vous clandestines de Milan — les « clandés » comme on dit —, même celles qui se camouflent en « cercles culturels », et tu te sers de ta jolie petite gueule, de ta petite gueule intéressante et maigrichonne de tombeur italien, pour séduire et détourner du droit chemin tes malheureuses victimes.

— C'est pas vrai, c'est pas vrai !

Le petit jeune homme recommençait le coup des larmes.

— Je l'ai fait qu'une fois. J'étais trop jeune, et il y avait un type qui m'a forcé la main. Alors je lui ai trouvé une fille, mais j'ai plus jamais recommencé. Maintenant je suis représentant en produits pharmaceutiques. Je vous le jure.

— Cesse de faire semblant de pleurer et ne me

1. Les Nationales, qui sont les cigarettes les plus fumées en Italie, correspondent un peu, en plus léger, à nos Gauloises. (*N. d. T.*)

raconte pas de boniments, dit Duca. Tu ne places pas de produits pharmaceutiques, tu places des filles, oui !

Sa voix se fit plus dure que d'habitude.

— On t'a pris deux fois en flagrant délit, et nous avons les noms de dix-neuf filles que tu as livrées à la prostitution, avec le détail de ce que les ordures comme toi appellent la « mise en piste ». Tu as mis en piste — du moins s'il faut en croire nos diverses enquêtes — une vingtaine de filles, mais en fait elles sont peut-être quarante, soixante, quatre-vingts. Les voies mystérieuses de la providence judiciaire, légale, et qui sait quoi encore ? ont fait que tu n'as écopé que d'un an alors que, pour avoir poussé des dizaines et des dizaines de malheureuses à la prostitution, tu mériterais le bagne à vie. Oui, car c'est pire que de les tuer. Du reste, il y en a peut-être qui sont mortes ; mais, toi, tu es là, frais comme l'œil, avec ta belle petite gueule, à faire le guignol qui pleurniche et à me raconter que tu places des produits pharmaceutiques. Je vais te dire une bonne chose, quoique tu ne sois qu'une sale petite ordure : tu es tombé dans de bien mauvaises mains. Les miennes. Alors tâche de répondre comme il faut aux questions que je vais te poser, ou tu es cuit. Oui, parce que tu ne devrais pas être à Milan, parce que tu y es interdit de séjour, que tu contreviens à la loi, que tu devrais être en taule ou en liberté surveillée, et pour des années, même. Mais je veux t'offrir une dernière chance, à condition que tu répondes correctement à mes questions.

Le petit jeune homme, en entendant cette proposition, et surtout à cause du ton énergique avec lequel elle avait été formulée, cessa immédiatement de pleurer et passa deux doigts entre son cou et le col de fine laine de son élégant pull-over jaune.

— Oui, dit-il.

— Écoute-moi bien et ne cherche pas à me

couillonner, ou, sans ça, tu es mort. Pas physiquement, hélas ! mais civilement : je peux te faire passer le restant de tes jours entre la prison, l'atelier pénitentiaire et la liberté surveillée, puis de nouveau la prison, l'atelier pénitentiaire et ainsi de suite.

— Oui, répéta le petit jeune homme.

Il était blême. Il sentait que l'homme qui lui parlait ne plaisantait pas.

— Alors, je te le répète, écoute-moi, écoute-moi bien, dit Duca. On a assassiné, il y a quelques jours, une fille qui mesurait près de deux mètres et ne pesait pas loin de cent kilos. On l'a tuée d'une manière ignoble : on l'a d'abord défigurée, peut-être bien à coups de pierre, et puis on l'a enfouie, toute nue et peut-être même encore vivante, sous un tas d'herbes et de saloperies qui brûlait le long de la vieille route de Lodi. On l'a retrouvée en train de rôtir. Quelque chose comme le poulet au four.

Duca perdit brusquement son sang-froid. Il serrait dans sa main un ridicule stylo à bille, de ceux que le ministère de l'Intérieur alloue, à moindres frais, aux fonctionnaires de ses services, et il en frappa violemment la table.

— C'était une créature humaine, une jeune fille, pas un poulet.

Puis il se calma.

— Excuse-moi.

Il passa sa langue humide sur ses lèvres, qu'avait desséchées la colère.

— Écoute-moi, je t'en prie, écoute-moi bien. Bien, tu comprends ?

— Oui, oui, dit le petit jeune homme.

— Nous avons de bonnes raisons de penser que cette fille de près de deux mètres qui ne pesait pas loin de cent kilos, et qui était au surplus une débile mentale, a été kidnappée par un type dans ton genre et « mise en piste »...

— Non, c'est pas moi, c'est pas moi ! coupa véhémentement le petit jeune homme en s'agitant sur sa chaise, si bien que ses noirs cheveux brillants semblaient étinceler.

— Je n'ai pas dit que c'était toi. Laisse-moi parler, crétin.

Duca regarda son stylo à bille, irrémédiablement hors d'usage après le coup de tout à l'heure.

— Je vais te poser une question. Tâche d'y répondre comme il faut, ou, sans ça, fini Salvatore Carasanto.

Le noiraud chevelu, livide de peur, acquiesça d'un signe de tête en ravalant sa salive.

— Voici ma question, dit Duca. Tu n'es pas un barbeau comme les autres ; tu es un barbeau « grand standing », toi, une sorte de *public relations* des barbeaux. Tu n'exploites pas personnellement les filles, tu les trouves et tu les revends à d'autres barbeaux. Alors, s'il y a quelqu'un qui peut savoir quelque chose sur la fille en question, c'est bien toi. Tu connais personnellement toutes les prostituées de la ville et des environs ; tu es chez toi dans tous les « clandés » de Milan ; tu es au courant de toutes les migrations professionnelles de ces dames, qu'elles changent de quartier ou même de ville ; tu as des protecteurs aussi puissants que méprisables, et c'est du reste pour ça que tu t'en es toujours tiré jusqu'ici. Mais, maintenant, à toi de choisir. As-tu jamais entendu parler de cette malheureuse fille de près de deux mètres et qui ne pesait pas loin de cent kilos ? Si tu dis la vérité, si tu m'aides à retrouver les auteurs de son ignoble assassinat, j'oublie tout ton passé, je te refais une virginité légale et tu pourras même rester à Milan. Mais si tu cherches à me tromper...

Duca se leva, alla à la fenêtre et l'ouvrit sur la via

Fatebenefratelli déserte, et que les lampadaires baignaient d'une douce clarté en cette douce et déserte nuit d'octobre.

— Mais, si tu me trompes, dis-toi bien que, cette fois-ci, aucun avocat, aucun de tes puissants protecteurs ne pourra rien pour toi. Alors, as-tu entendu parler de cette fille de près de deux mètres et qui ne pesait pas loin de cent kilos ? J'insiste sur ces deux détails pour te rafraîchir la mémoire. Ne me dis pas que ça ne te rappelle rien. Ne me dis surtout pas ça ! Compris ?

Le petit jeune homme sursauta ; pour un peu, il serait tombé de sa chaise. Il ravala de nouveau sa salive, et Duca le regarda avec dégoût. « Ces maquereaux, se disait-il, sont vraiment de belles ordures. »

— Oui, dit le petit jeune homme, j'en ai entendu parler.

2

— Qu'est-ce que ça veut dire : « J'en ai entendu parler » ? demanda Duca.

Le petit jeune homme se passa nerveusement la langue sur les lèvres et dit :

— Un soir, au Billie-Joe...

— Qu'est-ce que c'est que ça, le Billie-Joe ?

— C'est une espèce de pizzeria, sur les boulevards extérieurs, du côté de la place du Drapeau Tricolore. Une pizzeria un peu...

Et Salvatore Carasanto, encore qu'effrayé par la violence de l'interrogatoire, eut un petit sourire bizarre.

Une pizzeria qui s'appelait Billie-Joe ? C'était peut-être un détail sans importance, mais Duca était curieux.

— Pourquoi Billie-Joe ?

— À cause du titre de cette chanson que chante Bobbie Gentry. Vous savez, cette espèce de *spiritual* qui raconte l'histoire de ce garçon qui s'était jeté du haut d'un pont...

Oui, il se souvenait ; il l'avait entendue une fois à la radio : le père de la jeune fille disait, du ton de quelqu'un qui a la bouche pleine : *Oh ! non, je ne veux pas croire qu'il s'est jeté du haut du pont*, et pourtant Billie Joe s'était bel et bien jeté du haut du pont. Et, pendant ce temps-là, la mère criait — toujours dans la chanson — : *Et essuyez-vous les pieds avant d'entrer dans la maison, sans ça gare à vous !* Oui, il se souvenait parfaitement ; il l'avait même encore en tête.

— Eh bien ! continue.

— Un endroit pour les jeunes, quoi !

— Des jeunes comment ? demanda Duca. Des barbeaux dans ton genre ?

Le petit jeune homme, maté, secoua la tête. Duca eut le sentiment qu'il ne mentait pas.

— Ben ! y en a toujours quelques-uns dans des boîtes comme ça, mais ce sont surtout des petits couples bien gentils et un peu gais.

— Et alors, qu'est-ce qu'il t'est arrivé, au Billie-Joe ? demanda Duca.

— Ben !... J'étais allé au Billie-Joe parce que j'y avais donné rencart à une fille...

— Une que tu voulais « mettre en piste » ? demanda Duca.

Maintenant Salvatore Carasanto ne cherchait même plus à nier.

— Oui, admit-il. Mais elle est pas venue, et je l'ai plus jamais revue...

« Tant mieux pour elle », pensa Duca.

— Et alors ? dit-il.

— Alors, je me suis assis au bar sur un tabouret ;

et je me suis tapé une pizza, tout en ne quittant pas la porte de l'œil pour voir si la fille arrivait.

— Et alors ?

— Comme la fille n'arrivait pas, je commençais à m'énerver parce que j'aime pas me faire couillonner par les femmes, moi ; et puis, dans les deux petites salles du Billie-Joe, y avait un tel boucan qu'on s'entendait plus, parce que les petits couples étaient complètement ronds et que les filles n'arrêtaient pas de piailler...

— Et alors ?

— Alors y avait près de moi un gars comme moi, et qui se tapait aussi une pizza, et voilà que, tout d'un coup, il me dit comme ça, en mâchant la croûte de sa pizza :

» — Salut, la Sicile ! Tu travaillerais pas aussi dans la volaille, des fois ?

» Et il éclata de rire.

» J'aime pas qu'on me tutoie, même quand il s'agit de compatriotes, et celui-là devait être de Messine, ça s'entendait à son accent. Et puis j'aime encore moins qu'on me demande sous le nez si je travaille dans la volaille ou non. Je travaille dans la volaille, d'accord, mais c'est mes oignons et j'en parle seulement qu'avec mes potes.

— Ou avec la police, dit Duca.

— Avec vous, oui, mais pas avec le premier venu. Nuance...

C'était la logique même : il ne pouvait pas arrêter les passants en pleine rue et leur raconter qu'il faisait le barbeau.

— Et alors ? dit de nouveau Duca, pressant.

— Alors, le gars qu'était fin soûl, peut-être même drogué, et qui parlait la bouche pleine de pizza, m'a dit :

» — On est tous les deux Siciliens, pas vrai ? Eh ben ! ça tombe pile, parce que je viens de faire une grosse affaire et qu'il faut que j'arrose ça. Mais pas tout seul, gars, avec un compatriote, comme toi.

— Il voulait arroser quoi ? demanda Duca.

— C'est justement ce que j'y ai demandé. Il m'a répondu qu'il venait de faire la plus grosse affaire de sa vie ; et, chaque fois qu'il disait : « grosse », il se marrait et les fils de fromage de la pizza lui pendaient de la bouche. Moi, je comprenais pas pourquoi il rigolait tant et, du reste, ça m'intéressait pas. Et puis j'aime pas les drogués ni les gens que je connais pas, même si c'est des compatriotes. Mais il m'a expliqué pourquoi le mot « grosse » le faisait tant marrer : c'était qu'il avait trouvé dans son bisness une fille de deux mètres de haut, une « géante », une demeurée, qui se lançait sur les bonshommes dès qu'elle en voyait un.

» — Elle pèse pas loin de cent kilos, qu'il m'a dit. J'ai jamais fait une affaire aussi grosse, et ça m'a rapporté un drôle de paquet de fric. Alors faut que je fête ça avec toi, puisqu'on est du même coin.

— Et alors ? demanda encore Duca.

La question commençait à devenir monotone.

— Il était fin soûl, dit le petit jeune homme aux yeux noirs, et qui brillaient autant que des chaussures bien cirées. Il déconnait un peu ; il devait être aussi drogué, et j'ai toujours pensé qu'il me racontait des boniments de drogué. Mais, maintenant que vous me dites, monsieur l'inspecteur, qu'on a tué cette fille, cette « géante », et qu'elle était un peu demeurée, ça change tout.

— Il s'appelait comment, le gars ? demanda Duca en se levant.

Il voulait parler du type qui se vantait d'avoir fait une « grosse » affaire grâce à une jeune « géante » arriérée.

— Ça, j'en sais rien, moi, monsieur l'inspecteur.

— Ne me dis pas « monsieur l'inspecteur » ; ne me dis rien du tout ! s'écria Duca, debout, en regardant le petit jeune homme toujours assis. Pourquoi ne le sais-tu pas ?

— Ben parce que c'était la première et la dernière fois que je l'ai vu. Ça remonte déjà à quelques mois. Je l'avais jamais vu avant et j'étais en pétard parce que la fille que j'attendais ne venait pas. Alors, quand j'ai eu fini ma pizza, je me suis tiré.

— Résumons-nous. Tout ce que tu sais à propos de cette jeune « géante », c'est qu'un type, dont tu ignores tout, t'en a parlé au Billie-Joe et qu'il t'a dit avoir fait des tas d'argent en la « mettant en piste ». C'est bien ça ?

Tout en parlant, Duca ouvrit un des tiroirs de sa table et y prit un autre de ces ridicules petits stylos à bille alloués par le ministère de l'Intérieur.

— Oui, dit le petit jeune homme.

Et il était sincère.

— Je sais rien de plus sur cette fille de deux mètres. J'en ai entendu parler comme ça, par hasard, cette fois-là, dans cette pizzeria Billie-Joe, et, comme je viens de vous le dire, c'est vraiment tout ce que je sais.

Duca lui appuya le bout de son stylo à bille contre le visage.

— Un conseil, Salvatore Carasanto, tâche de nous aider, tâche d'aider la justice, ou ça peut te coûter très cher. Même en admettant que tu ne connaisses vraiment pas le nom de ce barbeau qui kidnappe des « géantes » demeurées pour les revendre à prix d'or, tu es le seul qui puisse retrouver sa trace. Tu connais le milieu bien mieux que ne le connaît la police.

Duca n'eut pas le courage de sourire ni même de rire jaune, car il est des cas où le dégoût vous submerge à tel point qu'il vous en enlève toute envie.

— Oh ! pas tellement. Vous vous faites des idées, monsieur l'inspecteur, répondit le petit jeune homme.

— Ne m'appelle pas « monsieur l'inspecteur » et n'essaie pas de me mettre dedans : je veux retrouver ce type de la pizzeria Billie-Joe, dit Duca. Aide-moi à le coincer et tu pourras recommencer à te balader en toute liberté dans le brouillard des jolies rues de Milan et à faire tes petites saloperies. Tu dois bien savoir où on a le plus de chances de rencontrer cet excellent garçon ; tu connais le monde des barbeaux mieux que personne et, nous autres policiers, pour ce qui est de ce domaine-là, on ne t'arrive pas à la cheville. C'est du reste pour ça qu'on t'a tiré de ton lit et qu'on t'a amené ici. Il n'y a que toi qui puisses nous dire qui est ce type qui a fait la « grosse » affaire.

— Mais puisque je vous dis que je le connais pas ; je l'ai vu qu'une seule fois, dit le petit jeune homme.

— Bon. C'est peut-être vrai, mais il faut tout de même que tu nous aides, dit Duca en lui tendant son stylo à bille. Sinon, je te renvoie dans ta Sicile natale ; et je m'assurerai personnellement chaque semaine que tu es bien rentré chez toi tous les soirs à huit heures. Et, à la première incartade, je t'en fais coller pour dix ans. Je te l'ai déjà dit, tu es tombé dans de mauvaises mains. Alors aide-nous, et tu t'en tires.

Le petit jeune homme n'était pas un imbécile ; il comprit que Duca parlait sérieusement et fit signe qu'il était d'accord, tout en regardant le stylo à bille.

— Parfait. Maintenant dessine-moi un peu ce collègue que tu as rencontré à la pizzeria Billie-Joe.

— Mais je sais pas dessiner, moi ! s'exclama Salvatore Carasanto en prenant cependant le stylo à bille que Duca lui tendait impérieusement.

— Moi non plus, dit Duca. Mais essayons tout de même de dessiner ensemble. Il ne s'agit pas de faire un portrait-robot — je ne fais jamais de portrait-robot — mais tu vas commencer par me dessiner la forme de ses yeux sur cette feuille de papier. J'espère que tu es capable de distinguer un cercle d'un ovale ou d'une ellipse. Les yeux peuvent avoir une de ces trois formes-là, des Mongols aux Aryens. Quelle était la forme des yeux de ton collègue ?

Duca avait proféré cette dernière phrase avec une violence contenue. Le petit jeune homme, qui tenait le stylo à bille à la main, effrayé par le brusque éclat de colère du policier, fit signe qu'il allait parler. Duca se disait en le regardant que, malgré le degré d'abjection où il était tombé, ce garçon qui tournait si facilement la tête aux bonniches, aux dames mûres folles de leur corps, et qui leur paraissait à toutes tellement élégant, ce garçon pouvait encore être sauvé. Et, de fait, il s'efforçait de l'aider, de lui rendre sa dignité d'homme, tant il était peiné de le voir courir aussi stupidement à sa perte.

— Dis-moi de quelle forme étaient ses yeux. Rends-moi ce service, dessine-moi la forme de ses yeux.

Le petit jeune homme ne dessina rien du tout ; il dit :

— Il avait des yeux de poule.

— Qu'est-ce que ça veut dire ? Qu'est-ce que ça veut dire « des yeux de poule » ? hurla Duca. Je t'ai dit de dessiner.

— Des yeux ronds. Les poules ont les yeux ronds, dit Salvatore Carasanto.

Et il dessina deux petits cercles sur la feuille de papier qui était devant lui.

— Les sourcils, maintenant, dit Duca.

Et il expliqua :

— D'abord, ils peuvent être épais ou non, bien séparés l'un de l'autre ou ne former, au contraire, qu'une sorte de ligne continue ; ensuite, ils peuvent n'être guère plus courbes que les tournants des grand-routes, ou alors ils ressemblent carrément à des accents circonflexes. Tu comprends ce que je veux dire ?

Le petit jeune homme, un peu effrayé, se passa la langue sur les lèvres et fit signe qu'il avait compris.

— Bien, alors dessine-moi les sourcils, dit Duca.

Le petit jeune homme ne se le fit pas dire deux fois et dessina une ligne presque droite, au-dessus des deux petits cercles qui figuraient les yeux.

— Écoute-moi bien, dit Duca. Ça veut sans doute dire que ton collègue de la pizzeria avait les sourcils d'un seul tenant et qui formaient comme une espèce de ligne continue au-dessus de ses yeux, non ?

— Oui, dit le garçon.

— Des sourcils noirs, pas vrai ?

— Oui.

— Le nez, maintenant, dit Duca. Ce qui m'intéresse, c'est surtout l'écart entre les deux narines. Il y a des nez où les narines se touchent presque, d'autres où c'est tout le contraire. Fais-moi deux points sous les yeux : si ce sont des points rapprochés ça voudra dire que ton collègue a le nez étroit ; s'ils sont au contraire distants l'un de l'autre ça voudra dire qu'il l'a large.

La main du petit jeune homme tremblait. On devinait une sorte de lâcheté pitoyable dans chacun de ses gestes, comme du reste chez tous les individus de cette sorte quand ils se trouvent en face de quelqu'un capable de leur tenir tête avec leurs propres armes, c'est-à-dire la violence. Mais il dessina tout de même — si l'on pouvait appeler cela dessiner — deux petits points assez éloignés l'un de l'autre, et qui figuraient les narines.

— Il a le nez plutôt large, ton copain, dit Duca.

Puis il décrocha le combiné du téléphone, pressa un bouton et parla presque immédiatement :

— Mascaranti ?... Des cigarettes, et viens chercher un joli petit dessin.

Il raccrocha le combiné et eut un petit rire nerveux.

— Et maintenant, la bouche de ton distingué compatriote. Pas la peine de jouer les Raphaël. Je te demande seulement de me dessiner un demi-cercle tourné soit vers le haut soit vers le bas, ou bien encore une ligne droite. Les bouches sont généralement de trois types, comme dans les dessins animés : celles dont les coins remontent vers le haut, ou du type gai ; celles aux lèvres tombantes, ou du type triste ; celles, enfin, qui forment une ligne droite et qui sont les lèvres des méchants et des durs. Choisis un de ces trois types, et n'essaie pas de me tromper.

Le petit jeune homme, apeuré, dessina tout de suite une ligne droite : c'était la bouche des méchants, des durs.

— Venons-en aux oreilles, dit Duca. Ne te force pas — je sais bien que tu n'es pas le Caravage —, les oreilles sont très difficiles à dessiner, même pour des artistes chevronnés, et je ne t'en demande pas tant. Il me suffit que tu fasses un demi-cercle s'il a les oreilles décollées ou une ligne droite s'il les a, au contraire, collées à la tête.

Salvatore Carasanto, tremblant de peur, dessina un demi-cercle à droite de l'embryon de tête qu'il avait esquissé et un autre à gauche. « Cette ordure avait les oreilles décollées », pensa Duca.

Puis il dit :

— Passons enfin au menton. Tu peux faire une ligne horizontale si le menton n'est ni en galoche ni fuyant. Mais, si le menton est en galoche, fais une ligne droite verticale. Plus il est en galoche et plus ta ligne doit être longue. S'il est au contraire fuyant, fais une diagonale ; et plus ta diagonale sera longue, plus ça voudra dire qu'il est fuyant. Essaie de bien te rappeler, surtout !

Mascaranti entra à ce moment précis. Il tenait à la main un paquet de Nationales et une petite boîte d'allumettes-bougies. Il ouvrit le paquet de cigarettes sans rien dire ; Duca en prit une et il la lui alluma.

— Dessine-moi le menton, dit Duca. Je veux dire le menton de ce joli monsieur qui travaillait dans la volaille et qui avait trouvé une poule haute d'un mètre quatre-vingt-quinze, pesant près de cent kilos, mais moins intelligente qu'une vraie poule encore qu'elle eût vingt-huit ans. Dessine-moi bien ce menton selon les indications que je t'ai données, je t'en prie, sinon je te mets en morceaux.

Duca regarda le petit jeune homme dont la main tremblait. Il n'avait pas la moindre intention de le toucher, ne fût-ce que du bout des doigts : il est des ordures qu'on ne peut même pas frapper, non point parce que la loi et la Constitution s'y opposent, mais parce qu'on se salit à le faire.

— Dessine-moi ce menton, hein !

Le petit jeune homme traça une diagonale sous son dessin abstrait ; mais, étant donné qu'il avait peur, c'était une ligne tremblée, quoique cependant diagonale et très longue.

— Ça veut dire qu'il avait le menton fuyant, non ? demanda Duca en tirant une bouffée de sa Nationale.

— Oui.

— Pourquoi as-tu fait une ligne aussi longue ? Est-ce que ça veut dire qu'il avait le menton très fuyant ?

— Oui, oui, très fuyant... On aurait dit qu'il n'avait pas de menton du tout.

Duca aspira une nouvelle bouffée de cigarette. C'était là le portrait du délinquant type. Lombroso et Freud aussi bien que les plus modernes professeurs de somatologie et de caractérologie criminelle l'auraient certainement formellement confirmé.

— Quel âge avait-il, d'après toi, ton copain ?

— C'est pas mon copain.

— C'est bon, ne jouons pas sur les mots, dit Duca. Quel âge avait, d'après toi, ce charmant jeune homme rencontré tout à fait par hasard dans une pizzeria de grand luxe fréquentée par des petits couples généralement fin soûls et par des placiers en volaille comme toi ?

— Sûrement pas plus de vingt-cinq ans, dit le petit jeune homme, en posant d'une main tremblante le stylo à bille sur la table.

— Est-ce qu'il est grand ?

— Pas tellement.

— Ça veut dire quoi « pas tellement » ? Est-ce qu'il est grand comme toi, ou plus, ou moins ? demanda Duca.

— Il est moins grand que moi.

Duca regarda le petit jeune homme qui, quant à la stature, ne battait certainement pas les joueurs de basket-ball, prit la feuille de papier sur laquelle il venait de dessiner, y ajouta quelques annotations et la tendit à Mascaranti.

— Porte ça à nos amis du service psycho-artistique.

Mascaranti ne put s'empêcher de rigoler doucement.

— Il s'agit là d'un Adonis modèle réduit et un peu moins grand que cet autre Adonis que nous avons devant nous, dit Duca. Comme tu vois, il a des yeux ronds, des sourcils d'un seul tenant et un nez aux narines... disons écartées.

Mascaranti rigola de nouveau.

— Explique aussi à nos psycho-artistes que ce type a la bouche droite, comme tu le vois par cette ligne horizontale, et le menton très fuyant comme il ressort de cette très longue diagonale.

Mascaranti regarda un instant le dessin abstrait, puis il dit :

— Excusez-moi, docteur, mais vous avez oublié la forme de la tête.

Duca acquiesça. Il était fatigué et sa mémoire commençait à lui jouer des tours.

— Écoute, dit-il au petit jeune homme, il faut que tu me donnes une idée du type de visage de ce gentleman que tu as rencontré à la pizzeria Billie-Joe. Il existe, théoriquement, trois types de visages : celui qui peut s'inscrire dans un carré, celui qui peut s'inscrire dans un rond et celui qui peut s'inscrire dans un triangle. Dans laquelle de ces trois figures géométriques crois-tu que s'inscrive le visage de ton compatriote et copain ?

Duca attendit patiemment la réponse. Cette question géométrique échappait évidemment un peu au jeune barbeau. Pourtant, au bout d'une demi-minute, il dit :

— Je crois que c'est du carré qu'il se rapprochait le plus.

On devinait que, aiguillonné par la peur, il réfléchissait afin de répondre le plus exactement possible.

— Il n'est pas gras, mais il est fort et il a le visage large.

Il réfléchit de nouveau.

— Oui, il était plutôt carré, avec des pattes de chaque côté.

— J'écris « carré » ? demanda Mascaranti.

— Oui, dit Duca.

Mascaranti écrivit : *Visage carré* près du dessin de Salvatore Carasanto. Puis il demanda :

— Je vous fais passer ça en urgence ?

Duca secoua négativement la tête. Donatella Berzaghi était morte désormais, brûlée — alors qu'elle était peut-être même encore vivante — dans un tas de mauvaises herbes et de détritus, au fond d'un fossé de la voie Émilienne, et s'il fallait, bien sûr, absolument retrouver son assassin, cela ne présentait aucun caractère d'urgence. Même en admettant qu'on arrêtât tout de suite celui qui avait aussi horriblement tué la pauvre fille, il n'aurait vraisemblablement récolté que quelques années de prison, lesquelles auraient eu de grandes chances de se réduire progressivement à bien peu de chose, du fait des amnisties et mesures de grâce diverses. Et on n'aurait pas tardé à le revoir traîner dans quelque petit bar de la via Torino ou aux abords de la place Cairoli, fier de ses pattes avantageuses — dues aux ciseaux du premier coiffeur de Milan — et ayant en poche une centaine de mille lires extorquées à quelque malheureuse fascinée par lesdites pattes, les yeux de poule, le menton fuyant et la mince bouche de dur.

Non, se dit Duca, cela ne valait vraiment pas la peine de faire dépenser de l'argent à l'État en demandant l'urgence pour cette caricature de portrait-robot du trafiquant de géantes, afin d'en donner plus rapidement communication à toutes les questures d'Italie.

— Non, pas en urgence. Ils peuvent même le porter à vélo.

Mascaranti sourit du coin de l'œil, puis demanda, en montrant le petit jeune homme :

— Et ce joli monsieur, qu'est-ce qu'on en fait ?

— Laisse-le-moi encore un peu, je t'appellerai, dit Duca.

Il attendit que Mascaranti soit sorti, puis offrit une cigarette à Salvatore Carasanto, qui la refusa poliment. Comme beaucoup de types de son espèce, il ne fumait pas. Il se droguait peut-être, mais jamais une innocente cigarette. Duca pensa que la perversion n'avait sans doute point de limites.

— Il faut que je te demande encore un service, dit-il en allumant une cigarette. Nous autres de la police on est un peu naïfs, tu sais. On se remue beaucoup. On a la Brigade des mœurs, la Brigade des stupéfiants, les services de l'Identité judiciaire, les archives électroniques pour les empreintes digitales, mais au fond, aux yeux de types comme toi, on a toujours l'air de sortir de la crèche de Noël — comme ils disent chez toi — autrement dit, d'être de parfaits crétins.

Duca posa son honnête Nationale, où n'entrait point de marijuana, sur le rebord d'un honnête cendrier en plastique.

— Il est bien possible que je sorte aussi de la crèche de Noël, poursuivit-il en fixant le petit jeune homme qui le regardait avec une attention alarmée. C'est peut-être justement pour ça que je vais encore te demander un service, mais...

Il reprit sa cigarette.

— Tâche, tâche surtout de me le rendre, ce service, sinon ta vie risque fort d'être plus amère encore que le plus amer des citrons de ta Sicile natale.

Duca regarda le petit jeune homme qui faisait : « Oui, oui », de la tête. Puis il se leva et, lui tournant le dos, se dirigea vers le fond de la petite pièce.

— Tu en sais beaucoup plus que nous sur la prostitution milanaise, dit-il. Tu es un spécialiste, un véritable expert, et tu pourrais passer aux jeux de la télé. Tu sais : « Dites-nous quel est le quartier de Milan où l'on trouve le plus de femmes de mauvaise vie. » Et toi, naturellement, tu donnerais la bonne réponse, parce que tu la connais mieux que personne, que tu es le champion toutes catégories du milieu milanais...

Il parlait en lui tournant toujours le dos.

— Alors le meneur de jeu te dirait : « Bravo, bravo, cher monsieur ! Vous gagnez les premières dix mille lires... Passons maintenant à la seconde question. Si vous nous donnez la réponse exacte, vous gagnerez cette fois-ci vingt-cinq mille lires : Quelle est la rue de ce quartier où il y a le plus de femmes de ce genre ? » Je suis sûr que tu répondrais parfaitement aussi à cette autre question.

Le petit jeune homme eut un rire brusque, hystérique, et Duca se retourna d'un coup.

— Maintenant je vais te poser, moi aussi, une question, mais sans dizaines de milliers de lires à la clé. Et, si tu ne m'y réponds pas, je te dérouille : combien de mauvais lieux, de maisons de rendez-vous et autres clandés connais-tu ? Tu sais, nous autres pauvres bougres de policiers, n'en connaissons guère : nous allons à l'aveuglette, comme des taupes. Parle, parle, je t'en prie ! Rends-moi ce grand service. Fais-le pour un pauvre connard de policier. Dis-moi, en tant que spécialiste, tous les clandés et « cercles culturels » de la ville et des environs, avec aussi les boutiques de gaines et de soutiens-gorge et les boutiques de coiffure des boulevards extérieurs où l'on peut trouver des femmes.

Il l'empoigna à la nuque par ses longs cheveux.

— Dis-le-moi, dis-le-moi, je t'en supplie !

Le petit jeune homme eut peur de son regard et du ton de sa voix faussement et ironiquement suppliant. Mais c'était un garçon intelligent, encore que tombé bien bas, et il comprit qu'avec cet homme qui se tenait devant lui, il n'avait pas le choix.

— Oui, oui, dit-il. Oui, oui.

3

Quand Duca quitta la Questure, il n'était pas loin de trois heures du matin. Il rentra chez lui à pied ; il avait refusé la voiture que lui avait proposée Mascaranti. C'était une étrange nuit d'automne, claire, plutôt tiède, sans la moindre trace de brouillard. Il marchait d'un bon pas, avec un sentiment de plénitude physique, au long des rues désertes où ne passaient, de loin en loin, que de rares voitures inutilement et ridiculement vrombissantes dans cette solitude. Le chemin est long de la via Fatebenefratelli à la place Léonard-de-Vinci. Et il le fit presque joyeusement, mais cela tenait uniquement au plaisir de bouger enfin après plus de quatorze heures de bureau, car il était loin d'être gai : il revoyait sans cesse — et qui sait combien de temps encore il le reverrait — ce vieil homme, ce pauvre père qui, à la morgue, avait été obligé de regarder sa fille brûlée dans un tas de mauvaises herbes et d'immondices et qui l'avait reconnue à la couleur de la laque de ses ongles. Et il pensait seulement à cela.

Il était presque trois heures et demie quand il arriva chez lui. Il ouvrit la porte de l'immeuble, entra, monta l'escalier — au premier étage, on n'a pas besoin d'ascenseur — et s'apprêtait à ouvrir la porte de son appartement quand celle-ci s'ouvrit d'elle-même : Livia se tenait dans l'entrée.

— Ne me dis pas que tu m'as attendu jusqu'à maintenant, dit Duca.

— Et pourquoi n'aurais-je pas dû t'attendre ? répliqua-t-elle sèchement.

Oui, pourquoi ? Avec elle, il n'y avait jamais moyen de discuter. Elle s'était installée là, dans l'appartement, comme chez elle, quand Lorenza, la sœur de Duca, était partie pour la Sardaigne avec Càrrua. Elle était venue lui laver son linge, lui préparer ses repas, lui donner son amour et l'attendre, le cas échéant, jusqu'à des trois heures et demie du matin.

— Lorenza a téléphoné de Cagliari, dit Livia.

— Oui, dit Duca.

Il ôta son veston, et elle le lui prit aussitôt des mains avec l'empressement soigneux d'une dame de vestiaire.

— Elle a dit qu'elle allait bien et qu'elle serait de retour avant Noël, dit Livia.

— Oui, dit encore Duca.

Puis il alla à la cuisine, y prit un verre et le remplit d'eau au robinet de l'évier.

— As-tu seulement compris que je viens de te dire que ta sœur avait téléphoné ? lui demanda Livia, soucieuse, en le rejoignant à la cuisine.

Oui, il avait compris, et il but son verre d'eau. Lorenza était en Sardaigne avec Càrrua, elle serait de retour avant Noël. Sa sœur lui manquait beaucoup : ils avaient toujours vécu ensemble depuis leur petite enfance, sauf durant les trois ans qu'il avait passés en prison pour avoir aidé à mourir une vieille dame atteinte d'un cancer[1]. Oui, Lorenza lui manquait beaucoup, mais ce n'était évidemment pas cela qui le tourmentait le plus.

Et il sortit de la cuisine en répondant à Livia :

— Oui, bien sûr que j'ai compris.

Puis il alla dans sa chambre, se déshabilla, se glissa entre les draps du petit lit et éteignit la lumière.

— Qu'est-ce qui se passe, Duca ? demanda Livia dans le noir.

Il ne répondit pas ; alors Livia se déshabilla à son tour dans le noir et se glissa auprès de lui. C'était un lit d'une personne, et ils avaient beaucoup ri d'être obligés de dormir à ce point à l'étroit ; mais ce soir-là, dans la nuit presque totale de la chambre, ils n'avaient pas du tout envie de rire.

---

1. Duca, qui était médecin, a au surplus été radié de l'ordre de cette profession à la suite de ladite affaire. Voir : *Vénus privée*, même collection, n° 1603. (*N. d. T.*)

— Qu'est-ce qui s'est passé, Duca ? Tu ne peux pas me le dire ?

Livia se pencha sur lui.

— Tu ne peux vraiment pas me le dire ?

La tête enfouie dans le cou et les cheveux de la jeune femme, Duca soupira profondément.

— Oh ! je peux te le dire, dit-il dans le noir, la tête toujours dans les cheveux de Livia. On a brûlé une jeune femme, une débile mentale, on l'a brûlée vive dans un tas de mauvaises herbes et de détritus. Ses assassins sont des trafiquants de femmes, des barbeaux. C'est un crime horrible. J'ai vu le corps à la morgue ; j'ai dû le montrer au père de la victime et, ça aussi, c'était horrible. Excuse-moi, mais, tant que je n'aurai pas trouvé les assassins de cette malheureuse, je serai comme ça, pas drôle. Comme ce soir.

— Je sais, je sais, je te connais bien, dit Livia dans le noir, la bouche près de l'oreille de Duca et de sa joue piquante de barbe. Oui, tu seras toujours comme ça, comme ce soir, tant que tu n'auras pas livré le coupable à la justice.

Elle se serra davantage encore contre lui.

— Idiot.

Et elle l'étreignit.

Oui, il devait sûrement être idiot ; cela faisait déjà pas mal de temps qu'il avait des doutes à ce sujet.

— Tu me sers de chauffeur, j'ai besoin, à partir de demain, dit Duca.

Il se rendait bien compte que sa phrase était mal construite et que les puristes y auraient trouvé à redire, mais, ce soir-là, leur opinion ne lui importait guère.

— Idiot, répéta Livia tout contre sa joue piquante de barbe. Tu sais bien que je te sers de chauffeur tous les jours. Alors, pourquoi me le demandes-tu ?

— Parce que demain, et sans doute durant plusieurs jours, il te faudra me conduire dans des endroits assez particuliers, dit Duca en se détendant un peu au contact de ce tendre, de ce doux corps de femme et en aspirant goulûment la bonne odeur de cette peau, à quoi ne se mêlait aucun parfum factice.

— Assez particuliers, pourquoi ? demanda Livia, la tête au creux de l'épaule de Duca.

— Parce que nous allons faire une drôle de tournée, dit Duca au travers des cheveux de Livia qui lui recouvraient le visage. La tournée de ce qu'on appelait encore, il y a une vingtaine d'années, maisons de tolérance, claques, bordels, boxons, et qu'on nomme aujourd'hui maisons de rendez-vous ou, plus vulgairement, clandés.

— Eh bien, on la fera, cette tournée, dit Livia. C'est une enquête, non ? Tu es policier, tu fais des enquêtes, et je te conduirai même là où tu viens de dire.

— Oui, c'est une enquête, mais je ne peux pas la faire en tant que policier. Il va falloir que je joue les clients.

— Les clients ? Pourquoi ?

— Je vais t'expliquer, dit Duca en passant la main dans les cheveux de Livia. Si je m'amuse à exhiber ma carte dans ces respectables clandés, je n'apprendrai sûrement rien. La fille qu'on a assassinée a vraisemblablement dû « travailler » dans un de ces claques privés, au demeurant fort élégants et fort chers. Elle était très grande, c'était une géante, et il ne pouvait évidemment pas être question de lui faire faire le trottoir. D'autant qu'elle n'avait guère plus d'intelligence qu'une gosse de huit ans. Mais, si je me présente comme client, il y a de fortes chances pour que j'apprenne quelque chose.

— Bon, dit Livia. Tout ça ne me fait pas peur : je te servirai de chauffeur.

— Mais te rends-tu compte du nombre de clandés qu'il y a à Milan ? Il s'agit d'appartements loués bourgeoisement, de boutiques qui n'ont l'air de rien. Tu entres dans une mercerie, par exemple, une modeste, une honnête mercerie qui vend un peu de tout, des bas nylon aux petits gants pour gosses ; et, si tu jettes un coup d'œil dans l'arrière-boutique, tu y vois un magnifique divan et une salle de bains qui ne l'est pas moins. De temps en temps, un monsieur plus très frais pousse la porte de la boutique, achète un joli petit pull-over pour son petit-fils et passe dans l'arrière-boutique où une soi-disant gamine de vingt ans l'accueille sur le fameux divan, avec une soudaine, une chaleureuse et bien touchante sympathie.

Le doux contact du corps de Livia l'apaisait, et il parlait maintenant d'un ton plus calme.

— T'ai-je dit que les gars de la Brigade des mœurs ont même découvert un « fruits et primeurs » dont l'arrière-boutique faisait office de lupanar ? Le client demandait un kilo de pommes, et la caissière, tout sourire, lui disait :

» — Nous en avons de très belles, monsieur. Tenez, là...

» Elle lui désignait l'arrière-boutique et il y trouvait, sur le divan habituel, l'Ève habituelle, pomme en main.

Ils rirent tout bas, dans le noir et dans la bonne chaleur que dégageaient leurs deux corps. Duca caressa le visage de Livia, passant doucement la main sur les innombrables petites cicatrices qui le parsemaient[1].

— Je commence demain matin à dix heures, ces lieux de plaisir ouvrent très tôt.

Ils se souriaient, dans les bras l'un de l'autre, et

---

1. Livia Ussaro porte au visage les traces indélébiles d'un atroce supplice dont elle a été victime lors de la première enquête de Duca. Voir *Vénus privée*, *op. cit.* (*N. d. T.*)

Livia lui effleurait le visage de ses lèvres et de son haleine.

— Le *commendatore*[1] Carugati quitte ponctuellement chaque matin son domicile à neuf heures précises. Où va-t-il ? Il se rend dans des bureaux sur la porte desquels on peut lire *Eurométal-Export*, mais où il n'est pas du tout question de métaux.

— Très bien, nous commencerons demain matin à dix heures, dit Livia.

— Il y aura avec nous un beau jeune homme qui nous servira de guide dans ce joli milieu, dit Duca. Il a une belle veste de velours vert olive et un gros pull jaune. Il connaît toutes les adresses de ces « rendez-vous de noble compagnie » : c'est le parfait cicérone du proxénétisme. Je parle bien, n'est-ce pas ? Tu ne trouves pas ?...

— Si, si, très bien.

Elle lui caressait l'oreille.

— Mais ne prends donc pas tellement les choses à cœur.

Elle sentait dans son ton une hargne sourde qu'elle connaissait bien, et elle savait qu'il n'y fallait point voir seulement de la colère mais aussi de la tristesse. Elle lui passa la main dans les cheveux et sur la nuque.

— Calme-toi un peu.

— Ils l'ont brûlée vive.

Il lui fallait absolument trouver les assassins si l'on voulait qu'il se calmât.

— Fais un effort. J'aimerais tant te voir heureux, dit Livia, peinée de le sentir si amer.

Duca l'entoura de ses bras et la serra très fort contre lui. Puis il dit quelque chose de très banal, de ridi-

---

1. *Commendatore* (commandeur) : titre honorifique italien, d'un grade plus élevé que celui de *cavaliere* dont il a déjà été parlé. (*N. d. T.*)

cule dans la chaude et noire intimité du lit, de ce lit qui n'avait guère qu'un peu plus d'un mètre de large. Il dit :

— Excuse-moi.

C'était peut-être là ce qu'il pouvait dire de mieux, de plus concret, pour se faire pardonner les soucis qu'il lui causait. Mais il ajouta aussitôt :

— Nous irons à la Questure demain matin. Nous y prendrons une voiture avec radiotéléphone, notre petit jeune homme en veste de velours olive et nous passerons au peigne fin tous les bordels de la capitale morale de l'Italie, jusqu'à ce que je mette la main sur les ordures qui ont assassiné cette pauvre fille.

— Ne parle plus, dit Livia. Tu ne penses toujours qu'à ton travail : on dirait que ma séduction n'agit plus.

Ils partirent d'un même éclat de rire ; et Duca ne pensa plus du tout à son travail.

4

Il recommença à y penser un peu après sept heures du matin dès qu'il ouvrit les yeux, tiré peut-être de son sommeil par quelque bruit d'automobile venu de la place Léonard-de-Vinci. Il donna de la lumière. Le tic-tac du réveil emplissait la chambre ; Livia dormait d'un sommeil de plomb, à demi découverte, car elle ne supportait ni les draps ni les couvertures et les rejetait même en dormant. Duca lui caressa doucement le visage, les cheveux, les seins, puis il passa dans la salle de bains en emportant ses vêtements. Elle dormait encore quand il revint habillé de pied en cap.

— Réveille-toi, ma jolie, dit-il en la tirant gentiment par les cheveux.

— Oh ! chéri, dit-elle d'une voix pâteuse, encore à moitié endormie.

Puis, ouvrant les yeux, elle allongea la main comme pour lui faire une caresse.

— Ne me dépeigne pas, dit-il avec un petit sourire. Allez, dépêche-toi !

Elle sauta du lit toute nue, et dix minutes plus tard — juste le temps, pour lui, de fumer une cigarette — elle était prête.

— Allons-y à pied, dit-il à Livia.

Ce fut une belle promenade en ce matin de début d'octobre, étonnamment clair et limpide, comme l'était tout ce doux automne milanais. Avenue de la Piave, un peu avant la place Oberdan, ils entrèrent dans un bar ; et Duca y vit avec plaisir Livia faire une razzia de brioches et les dévorer à belles dents après les avoir trempées dans son crème. Et il se dit que les femmes qui n'ont point honte de manger sont bien les meilleures des femmes. Puis, poursuivant leur chemin par le cours de Venise et la via Palestro, ils longèrent les jardins publics. Les arbres avaient encore toutes leurs feuilles, et on ne sentait absolument pas l'automne. Un soleil très pâle — mais c'était tout de même du soleil — donnait aux choses et à la ville un air presque encore estival. Ce fut bientôt la place Cavour, puis la via Fatebenefratelli et la cour de la Questure. Une Alfa Romeo pourvue d'un radiotéléphone, et qui brillait doucement sous le soleil anémique, les y attendait déjà. Mascaranti aussi était là. Avec le petit jeune homme brun à la veste verte, au gros pull jaune, et qui était encore bleu de peur.

— Bonjour, mademoiselle, dit Mascaranti. Bonjour, docteur.

Livia s'installa au volant et Duca s'assit à ses côtés.

— Monte, ordure ! dit Mascaranti en jetant le lamentable petit jeune homme sur le siège arrière de l'Alfa Romeo.

— Mais fiche-lui donc la paix ! s'exclama Duca.

— Je n'aime pas ce genre de type, dit Mascaranti.

— En route, dit Duca à Livia.

Lui non plus n'aimait pas beaucoup ce genre de type. Il regarda dans le rétroviseur le visage olivâtre, mou et un peu efféminé du petit jeune homme, cependant que Livia démarrait et que Mascaranti, planté au milieu de la cour et qui n'ignorait rien de leur destination, leur souhaitait ironiquement bonne chance.

— Où allons-nous ? demanda Livia.

— Notre ami, là-derrière, va nous le dire, dit Duca. Il m'a promis de me conduire dans la « maison » la plus chère de Milan. Ils n'ont sûrement pas dû placer une fille comme cette malheureuse dans un clandé genre prix fixe, pas vrai, Salvatore ?

Il se tourna vers le petit brun qui acquiesça avec un peu trop d'empressement.

— Donne-nous l'adresse exacte, dit-il.

Le petit brun la donna immédiatement. La « maison » se trouvait non loin de la via Manzoni, et ils auraient pu y aller à pied. Livia stoppa devant la porte cochère d'un vieil immeuble cossu et d'apparence fort honorable. Un immeuble qui évoquait et le Milan du XIXe siècle et la *scapigliatura*[1]. Qui aurait jamais pu penser... ?

Duca descendit et fit descendre la veste de velours vert. Puis il se pencha vers la portière pour parler à Livia.

---

1. La *scapigliatura*, ou bohème milanaise, doit son nom aux *scapigliati* — littéralement : aux échevelés —, artistes et écrivains, qui lui donnèrent son plus grand lustre entre 1860 et 1870. (*N. d. T.*)

— Tu restes là, devant l'entrée, de façon à ce qu'aucune voiture ne puisse sortir.

Il n'était pas impossible que l'homme qu'il cherchait se trouvât là et qu'il tentât de filer en voiture à l'arrivée de la police.

— Oui, dit Livia.

Duca s'engagea alors sous la voûte d'entrée, à la suite du petit jeune homme qui allait lui servir de guide. Ce fut tout simple : ils passèrent devant la loge d'où un concierge à l'air équivoque et méfiant les dévisagea soupçonneusement, mais le petit jeune homme agita la main — comme lorsqu'on salue d'un bateau un ami demeuré sur le quai — et se dirigea vers le couloir, à gauche, où se trouvait l'ascenseur.

Ascenseur. Dernier étage. La prostitution affectionne les chambres mansardées. Une porte avec une petite plaque au nom assurément peu commun : « Soffior. » Le petit jeune homme sonna. La porte s'ouvrit. Une femme d'au moins quarante ans mais qui les portait bien, une femme, déjà toute maquillée et on ne peut plus sexy — encore qu'il fût à peine dix heures du matin —, sourit aussitôt à la veste de velours vert qu'elle semblait manifestement connaître de longue date. Puis elle sourit aussi à Duca, mais un peu cérémonieusement.

— Bonjour, messieurs, entrez.

Duca entra derrière le petit jeune homme. Une toute petite entrée, mais où se voyait une tapisserie qui devait certainement avoir quelque valeur ; un petit couloir, mais qu'éclairaient d'une lumière très douce, très tamisée, de minuscules appliques d'argent qui se suivaient en rangs serrés tout au long de chacun des deux murs, donnant à l'endroit un petit air de fête de Noël, un petit air intime aussi, presque sensuel.

— C'est un ami, dit le petit brun — la voix mal

assurée tant il craignait Duca — tandis qu'ils s'engageaient tous trois dans le couloir.

— Oh ! je l'avais bien pensé, mon cher, dit la quadragénaire avancée en poussant une porte qui ouvrait sur une assez grande pièce. Tu es vraiment très gentil de m'amener des amis aussi sympathiques.

Duca lui sourit pour la remercier de son compliment et entra dans la pièce. Une honnête salle à manger qui sentait sa bonne bourgeoisie, et d'un style à peu de chose près très *Old America.* Rien qui pût faire penser à ce qu'était bel et bien cet appartement.

— Asseyez-vous. Je reviens tout de suite, dit la quadragénaire d'un ton modeste et de bonne compagnie.

Et elle sortit.

Duca demeura seul avec le petit jeune homme.

— Pendant que je choisirai la fille, lui dit-il à voix basse, tâche d'occuper la maîtresse de maison.

Le terme « maîtresse de maison » le fit sourire.

— N'essaie surtout pas de filer ni de vendre la mèche ; ne va pas raconter à cette dame si complaisante que je suis de la police, ou alors ce sera pire que si tu étais mort ; on te rouera de coups tous les jours de la semaine avec, en supplément, une double ration les dimanches et fêtes. Occupe la patronne tandis que je parlerai à la fille. Je te donne un bon conseil, un conseil d'ami : tâche de ne pas me décevoir. Je n'aime pas qu'on me déçoive. Je te fais confiance.

Il se dit qu'il avait sûrement bien placé sa confiance : le petit jeune homme, quoique tombé très bas, était intelligent et comprenait qu'il devait faire ce qu'on lui demandait, qu'il était absolument inutile de se rebeller, de chercher à ruser. Il n'avait besoin ni de gifles ni de coups pour le comprendre.

— D'accord, dit-il. Mais il vaudra mieux payer avant qu'elle vous présente les filles, sans ça, je vous l'ai déjà dit, elle commencera peut-être à avoir des soupçons.

— Oui, bien sûr.

Duca regarda une série de gravures accrochées au mur qui lui faisait face : elles représentaient des Indiens qui, montés à cru sur leurs mustangs, galopaient comme au cinéma. Des gravures peut-être tirées dans quelque industrieuse et entreprenante imprimerie lombarde au moyen de clichés si habilement faits, par des Lombards pareillement industrieux et entreprenants, que lesdites gravures avaient un étonnant cachet d'authenticité, à croire que les Indiens qu'elles représentaient les avaient eux-mêmes dessinées.

— Oui, ne t'inquiète pas, je paierai d'abord, dit Duca.

Quelques instants plus tard, une fille entra. C'était le début du show. Elle était petite mais jolie, et semblait encore abrutie de sommeil. Elle portait un magnifique pantalon très collant en velours à côtes d'un rose luminescent, et rien d'autre. Elle avait oublié tout le reste. Elle avait les cheveux très courts.

Puis la quadragénaire revint avec un plateau.

— Il est peut-être encore un peu tôt, mais un cocktail, surtout un Negroni, donne toujours du dynamisme.

Elle souligna malicieusement ce dernier terme et sortit. Le défilé continua, mais il fut bref, car il n'y avait en tout et pour tout que quatre filles, dont une Noire. Duca les étudia toutes avec beaucoup d'attention ; il s'agissait de choisir celle qui paraissait la plus disposée à parler. Il choisit la Noire.

Il traversa à sa suite un nouveau petit couloir et fut bientôt seul à seul avec elle dans sa chambre. Un long rayon de soleil blafard pénétrait dans la pièce plutôt petite, mais très douillette. Duca écarta le rideau de la fenêtre et, jetant un coup d'œil au-dehors, aperçut la boucherie d'une petite rue proche de la via Manzoni, vit passer une nurse qui poussait devant elle un landau à deux places où se trouvaient deux jumeaux — il paraît que cela porte bonheur — et entendit le ronflement frénétique d'une excavatrice : on creusait les fondations d'un nouvel immeuble, juste sous la fenêtre.

— C'est mieux le dimanche, parce qu'on n'entend pas ce boucan, dit la Noire.

Duca se retourna et vit que, avec une promptitude toute professionnelle, elle s'était entièrement dévêtue. Elle était franchement noire, non seulement par la sombre couleur de sa peau, mais aussi par ses lèvres lippues, son nez épaté et, surtout, par ses seins très fermes, mais oblongs, en forme de courges.

— Ce bruit te dérange ? demanda la Noire. Quand on vient ici le matin, ça peut gêner, bien sûr. Mais on m'a donné cette chambre, et j'y peux rien. Il y a bien des chambres plus calmes, plus silencieuses, de l'autre côté, mais pas pour moi. Surtout pas : ils sont racistes dans cette boîte !

Duca la regardait et l'écoutait. L'excavatrice ronflait furieusement, faisant, de temps en temps, trembler les vitres de la fenêtre.

— Rhabille-toi, tu me feras plaisir. Je ne suis pas venu pour ça. Je suis venu pour te parler.

La Noire ne put s'empêcher de rire. Dans son métier, elle avait vu toutes sortes de types bizarres, mais elle n'avait peut-être encore jamais eu affaire à un bonhomme qui se rend dans un claque, à dix heures du matin, pour y tailler une bavette.

— Tu rigoles ? dit la Noire en s'allongeant sur le lit.

Elle pensait qu'il devait être soûl, parce que les types qui se mettent à boire dès le matin ne sont pas rares.

Duca s'assit sur un petit divan, près du lit.

— Je suis de la police, dit-il. Couvre-toi un peu et viens près de moi, on va parler.

Au mot de « police », la Noire sursauta et un léger tremblement parcourut son beau corps, de la pointe de ses pieds à celle de ses seins oblongs.

— Ne t'affole pas, dit Duca.

Le rayon de soleil qui pénétrait dans la chambre, au travers des rideaux, s'allongea davantage. Et Duca répéta :

— Ne t'affole pas.

Elle remit le curieux collant doré à résilles et la courte veste transparente de voile noir qu'elle portait quelques minutes plus tôt, et vint docilement, quoique pas très rassurée, s'asseoir auprès de lui.

— Ne t'affole pas. Je suis de la police, mais ne t'affole pas, dit-il en élevant la voix pour dominer le bruit assourdissant de l'excavatrice.

Elle lui fit signe que c'était entendu, qu'elle serait plus calme, et se couvrit la poitrine de ses bras croisés car sa petite veste était vraiment trop transparente.

— Voici ma carte, dit Duca en la lui montrant. Je ne suis pas venu pour te créer des ennuis. Bien au contraire. Si tu m'aides, tu pourras sortir librement d'ici et aller où tu voudras. Mais il faut que tu me donnes quelques renseignements.

La fille acquiesça d'un signe de tête. On aurait dit qu'elle avait un peu moins peur, qu'elle se rendait compte qu'elle n'avait pas affaire à un ennemi.

— Écoute-moi, dit Duca. Une fille de près de deux mètres a certainement dû passer ces derniers mois dans un des clandés de Milan, un clandé de luxe comme celui-ci. Tu en as peut-être entendu parler ; tu l'as peut-être même connue. Il s'agit, je te le répète, d'une fille un peu spéciale, de près de deux mètres et qui ne pesait pas loin de cent kilos. De plus, c'était une débile mentale. Bref, un « article » qui ne pouvait plaire qu'à des amateurs difficiles et aux goûts particuliers, des amateurs qui ne regardent pas à la dépense et qui fréquentent des endroits comme celui-ci. Tu en as peut-être entendu parler. Voilà ce que je voudrais que tu me dises. Rien de plus. C'est pour ça que je suis venu. Pas pour autre chose. Tu n'as rien à craindre. Je ne suis venu que pour ça.

La Noire serra davantage encore ses bras croisés sur sa poitrine.

— Oui, oui, j'en ai entendu parler, dit-elle avec un frisson où le froid avait aussi sa part.

— C'est vrai, tu en as entendu parler ?

— Oui, par un type qu'est venu ici.

— Explique-toi mieux, dit-il en baissant la voix car l'excavatrice venait soudain de s'arrêter.

Et, dans le même temps, il regarda les pieds nus de la fille posés sur l'épaisse moquette bleu ciel. Ils étaient très beaux avec leurs ongles laqués de rose cyclamen et qui contrastaient heureusement avec sa peau noire.

— Dis-moi quand il est venu et comment il était.

— Il est venu il y a près de trois mois, fin août. Il faisait encore très chaud, dit la fille sans la moindre hésitation. Oui, et il était venu parce qu'on lui avait dit qu'il y avait une négresse.

Elle sourit.

— C'était moi.

— Ensuite ?

— Ensuite, il a commencé à me raconter qu'il aimait surtout les femmes qu'étaient pas comme les autres. C'était un de ces types qu'ont besoin de parler pour se mettre en train. Les Noires comme moi lui plaisaient bien, mais il avait aussi essayé avec une Japonaise et même avec une lesbienne.

C'était une fille intelligente. Elle parlait un italien très doux, avec cependant une curieuse pointe d'accent romain. L'excavatrice avait repris son obsédant ronflement. Elle éleva la voix :

— Mais la femme qui l'avait le plus intéressé, c'était une grande, grande, grande fille. Et il s'excitait rien qu'à en parler, et alors...

— Alors ? dit impatiemment Duca.

Alors, le type était tout petit, rondouillard, expliqua-t-elle. Il avait l'air d'un gosse vicieux. Il s'était de plus en plus excité et, en la serrant toujours de plus en plus fort, il lui avait raconté que cette espèce de géante ne demandait qu'à faire l'amour, tous les jours et même toute la journée, avec le premier venu. Le rondouillard lui avait aussi dit que c'était une demeurée, qu'on voyait bien qu'elle n'avait plus toute sa tête à elle, mais que c'était une affaire.

« Une affaire », se dit Duca. C'était lui qui venait d'en faire une en tombant par hasard, et du premier coup, sur la filière qui devait lui permettre de retrouver les assassins. « Une affaire », se répéta-t-il amèrement.

— Qu'est-ce qu'il t'a dit d'autre ? T'a-t-il dit dans quel clandé il l'avait trouvée ?

— Non. Il m'a seulement dit qu'il ne savait plus où la retrouver parce qu'elle avait quitté ce claque où il l'avait vue une seule et unique fois, et qu'on n'avait pas pu lui dire où elle était allée. Il m'a aussi dit qu'il en rêvait la nuit et qu'il aurait bien donné un demi-million de lires pour la revoir. Il me faisait rigoler.

— Comment était-il, ce type ?

Il voulait dire : « Ce type qui aimait les femmes qui n'étaient pas comme les autres. »

Elle acheva de le lui décrire : outre qu'il était tout petit, qu'il n'avait pas beaucoup de cheveux et qu'il avait du ventre, il avait aussi une tache noirâtre sur le cou, plutôt grosse, et qui dépassait du col de sa chemise.

— Quelle impression t'a-t-il faite ? D'après toi, était-ce un ingénieur, un professeur, un commerçant, un petit industriel, un artiste ?

— Oh ! non, pas un artiste !

Elle éclata de rire et, enfin détendue, décroisa les bras et cessa de s'en couvrir la poitrine.

— Un commerçant, oui, ou un industriel, mais pas un intellectuel. C'était pas quelqu'un de distingué.

— Est-ce qu'il avait un accent quelconque ? demanda Duca.

— Oh ! oui alors ! Un accent milanais, dit-elle en riant. Terriblement milanais même.

Elle se leva brusquement, le visage défait.

— Tu permets que je me tape un petit remontant ? Tu sais, de causer avec des flics, ça m'a jamais réussi. C'est pas la première fois.

— Bois, dit Duca. Mais je te répète que tu n'as rien à craindre de moi.

C'était une fille splendide, un merveilleux spécimen de femme noire, une intelligence lucide. Et il vous prenait des envies de pleurer à la voir se détruire, s'avilir aussi délibérément. Mais était-ce vraiment sa faute ? La vie est si souvent difficile et idiote. Elle traversa la chambre dans le rayon de soleil qui, tout pâle qu'il était, rendait plus transparents encore les transparents vêtements qu'elle portait. Elle ouvrit un petit meuble d'angle qui se trouvait près de la fenêtre et en tira une bouteille et un gros verre, qui étincelaient dans le soleil.

— T'en veux un peu ?

Duca refusa d'un signe de tête. Elle remplit alors le verre, revint s'asseoir auprès de Duca et se mit à boire. Elle devait avoir versé près d'un quart de whisky dans le gros verre. Elle le vida à moitié en quelques gorgées.

— Essaie de te rappeler d'autres détails, dit Duca

quand il la vit un peu plus calme. D'autres détails à propos de ce type.

Elle acquiesça d'un signe de tête. Elle comprenait parfaitement ce qu'il voulait et chercha à l'aider, avec beaucoup de bonne volonté. Elle réfléchit un moment, revit sa rencontre avec ce singulier client.

— Il m'a aussi dit qu'il avait essayé avec une naine.

Ce n'était pas un détail très intéressant en soi. Mais il ne devait pas y avoir tellement de naines à Milan et, si l'on retrouvait celle qui avait été avec cet étrange collectionneur de femmes hors série — en admettant qu'elle n'ait point quitté la ville — et qu'on parvienne à la faire parler, on arriverait peut-être à retrouver le collectionneur en question.

— Fais un effort, essaie de te rappeler, dit Duca.

Elle vida son verre jusqu'à la dernière goutte, balança une de ses jambes qu'elle avait croisées et dit :

— Oh ! oui, oui, maintenant je me rappelle.

— Tu te rappelles quoi ?

— Il parlait toujours de cette grande, grande, grande fille, et il m'avait dit qu'il était même prêt à donner un demi-million de lires pour la retrouver.

— Tu m'as déjà raconté ça. Continue.

— Puis il m'a dit...

Elle revoyait encore avec dégoût le petit rondouillard lui parler, tout excité, en la tripotant.

— Il m'a dit : « Tu sais, moi, je gagne ce que je veux avec le plastique. »

— Il t'a dit « plastique », tu en es sûre ?

— Je me rappelle très bien, il m'a dit « plastique ». J'en suis sûre.

Duca se leva d'un bond. Il serra les dents pour ne pas crier, pour ne pas se trahir. Il tenait les assassins. Il ne s'agissait plus que de retrouver un petit industriel ou un commerçant milanais qui travaillait dans le plastique et qui avait au cou une grosse tache noirâtre qui dépassait du col de sa chemise. Il allait mettre Mascaranti sur le coup et, en moins d'une semaine, ce dernier lui retrouverait le type du plastique, le petit rondouillard qui avait été avec cette pauvre géante. On le ferait parler, on lui tirerait l'adresse du claque où il l'avait connue et, en partant de là, on remonterait jusqu'aux assassins. Désormais on touchait au but. Il n'y avait plus qu'à suivre la filière.

— Merci, dit-il à la fille. Merci, merci, répéta-t-il, la voix frémissante, tant il sentait la victoire à portée de sa main.

Il se produit parfois dans la vie des hasards extraordinaires. C'était le cas : il avait immédiatement trouvé, dans le premier bordel venu, la filière qu'il cherchait.

— Merci, dit-il encore. Comment t'appelles-tu ?

Elle était ivre de tout le whisky qu'elle avait bu et, se tenant assise sur le petit divan, les jambes écartées, elle dit :

— La môme Cirage, la pute noire.

Le rayon de soleil qui passait au travers des rideaux disparut brusquement, et la laque rose cyclamen du gros orteil et autres doigts de pied de la belle Noire cessa du même coup de briller.

— Pourquoi t'avilis-tu, te démolis-tu comme ça ?

— Pourquoi que je le ferais pas ? Tout est tellement dégueulasse.

— Peut-être pas tout, dit Duca.

— Si, tout. Même toi, flic de mon cœur. Tu viens dans ce claque, à l'aurore, comme un jeunot qui peut plus y tenir, et puis t'es qu'un sale flic. Tout est dégueulasse, je te dis, on peut se fier à personne. Les gens et le reste, c'est jamais comme on croit. Tiens, tu crois que t'as un copain et qu'il t'aime bien, et voilà que tu t'aperçois que c'est un *magnaccia*.

Elle avait dit *magnaccia*, un mot typiquement romain et qui voulait dire maquereau.

— Tu connais Rome ? demanda Duca.

— Tu parles ! Je suis romaine, répondit-elle.

Elle se leva et alla se verser un autre quart de whisky.

— Ah ! bien sûr, je descends pas de Jules César — ça se voit peut-être du reste à la couleur de ma peau —, mais je suis romaine. Je suis née à Rome et j'y ai même vécu. Tu le sens donc pas à mon accent, flic à la gomme ?

Duca la laissa boire et parler. Oui, il avait bien senti une petite pointe d'accent romain dans sa voix avec, aussi, une légère teinte de portugais.

— Je suis venue de l'Angola à Rome dans le ventre de maman, et je suis née dans une maison qui donnait sur le Tibre. Je me rappelle seulement que l'eau que je voyais de ma fenêtre était toute jaune. Mon père était venu en Italie pour le compte du gouvernement portugais. Puis, un jour, leur bagnole a flambé et ils sont claqués tous les deux. J'avais cinq ans ; et une voisine qui était vieille fille m'a recueillie et élevée, jusqu'à quatorze ans, comme si j'avais été sa gosse.

La logorrhée continuait et Duca ne fit rien pour y mettre fin.

— Jusqu'à ce qu'une ordure de *magnaccia*, le fils d'une vieille pouffiasse, vienne me raconter qu'il était amoureux de moi — tu parles ! — et m'emmène à Milan pour me mettre au turf. Et je suis encore une petite vernie : comme je suis jeune et noire, on me classe dans les « curiosités », et je me farcis les clandés de luxe. Sans ça, je serais obligée de tapiner autour de la Gare centrale.

— Je t'ai demandé ton nom, dit Duca.

— Tiens, le voilà ! dit-elle en prenant son sac dans une petite commode et en en tirant un passeport qu'elle lui mit sous le nez. Il ne te reste plus qu'à me foutre dedans.

Duca ouvrit le passeport et y lut : *Akaounou Herero*, puis, au-dessous : *Profession : ménagère.*

— Non, c'est dehors que je veux t'emmener, dit Duca.

— Qu'est-ce que tu veux dire, sale flic ?

Elle était soûle, d'accord, et parfaitement désespérée, mais ce n'était pas une raison pour parler de la sorte. Il n'aimait pas cela.

— Ne me traite pas de flic. Compris ? Et habille-toi. Si je parle de t'emmener dehors, ça veut dire que je veux te sortir de cette poubelle.

— Ça vaut pas la peine, dit-elle en haussant les épaules. Si je sors de cette poubelle, je retomberai forcément dans une autre. Tu veux pas m'envoyer chez les bonnes sœurs pour qu'elles me rééduquent, des fois ?

— Tu n'as pas besoin qu'on te rééduque, on t'a parfaitement bien élevée, dit Duca. Pas question de t'arrêter, ni même de te mettre chez les sœurs. J'ai besoin de toi pour retrouver les assassins de cette malheureuse fille, alors je vais t'installer dans un bon hôtel près de la Questure et tu y resteras à ma disposition, tu comprends ?

Bien sûr qu'elle comprenait.

— Maintenant tu vas venir avec moi. D'ici dix minutes, cette boîte sera bourrée d'agents ; et ils arrêteront tout le monde, sauf toi, parce que tu seras avec moi. Il y a des *magnaccia* dans la maison ?

Elle haussa les épaules.

— Il y en a toujours au moins deux : ils surveillent le bisness et même la taulière.

— Alors habille-toi vite, dit Duca. Ils ne vont plus tarder maintenant, et je ne peux tout de même pas t'emmener comme ça.

— J'ai pas confiance, il doit y avoir de l'entourloupe là-dessous, dit-elle.

Elle ôta son collant à résilles, sa courte veste transparente de voile noir, ouvrit une petite armoire et y prit un lourd tailleur orange. « Cette couleur, se dit Duca, va vraiment très bien aux femmes noires. »

5

Le fourgon cellulaire, sous les ordres de Mascaranti, arriva effectivement quelques minutes plus tard. Six agents firent aussitôt irruption dans l'appartement en compagnie de Mascaranti et, avec le concours du petit jeune homme à la veste de velours vert, ils cueillirent tout le joli monde qui se trouvait là : la patronne, les trois filles et deux jeunes types — un gros d'une vulgarité crasse et un petit fripé à l'air mauvais — dont on ne pouvait douter qu'ils fussent des souteneurs. Mascaranti récupéra les cent mille lires que Duca avait dû verser à l'aimable « maîtresse de maison » avant de suivre la Noire dans sa chambre. Ils eurent aussi la chance de mettre la main sur près de quatre-vingts petits sachets de plastique contenant des comprimés revigorants pour les clients déficients désireux de retrouver quelque virilité.

— Pour un peu, je vous ferais bouffer tout ça, dit Mascaranti aux deux jeunes types. Dehors !

Il fit monter tout son monde dans le fourgon cellulaire, non sans avoir pris la précaution d'apposer les scellés sur la porte et les fenêtres de l'appartement. Il se proposait de s'occuper d'abord personnellement de ces clients-là à la Questure, autrement dit de les interroger jusqu'à ce qu'ils crachent le morceau, puis de les repasser à la BM, à la Brigade des mœurs, qui aurait parachevé le travail.

De leur côté, Duca Lamberti et Livia Ussaro, encadrant la belle Noire en tailleur orange, la conduisirent à pied à l'hôtel Cavour. À pied parce que la voiture était tombée en panne juste au moment où ils quittaient le clandé. Cela aussi, ce sont des choses qui arrivent.

Leur entrée dans le hall de l'hôtel fit sensation. Un groupe d'Allemands regarda l'étrange Romaine, bouche bée, comme si elle avait été le Dôme de Milan, ou le *Castello Sforzesco*[1], ou une espèce d'exotique et de magnifique statue de la féminité. Duca demanda une chambre, et Livia l'aida à y conduire la fille. Ils furent obligés de la soutenir car elle n'était pas loin d'être complètement soûle. À peine entrée dans la chambre, elle se jeta sur le lit, tira de son sac orange un paquet de cigarettes et en prit une. Duca la lui alluma.

— Écoute, lui dit-il, répète-moi ton nom. Tu me l'as déjà dit ; mais c'est un nom difficile, et je suis incapable de parler avec quelqu'un dont je ne connais pas le nom.

— Herero, dit la Noire, les yeux mi-clos.

L'alcool continuait de faire son effet, et elle luttait difficilement contre une brusque somnolence.

— Ah ! oui, je me souviens maintenant, Herero. C'est un beau nom.

— Mes parents étaient hereros. Herero, c'est le nom d'une tribu bantoue de l'Angola, et c'est pour ça qu'ils me l'ont donné.

Livia, assise à l'autre bout de la pièce, les écoutait

---

1. On sait que le Dôme est la cathédrale de Milan. Le *Castello Sforzesco*, ou château des Sforza, est également l'un des plus importants monuments de la capitale lombarde : cette vaste construction fortifiée sise au cœur de la ville, et aujourd'hui transformée en musée, a été édifiée vers le milieu du XVe siècle pour les Sforza, ducs de Milan. (*N. d. T.*)

en leur tournant le dos et regardait par la fenêtre, le visage à demi dissimulé par ses longs cheveux de façon que ses cicatrices se voient moins. Elle regardait le miraculeux soleil d'octobre, miraculeux à Milan pour la saison.

— Vois-tu, Herero, dit Duca, je vais maintenant te laisser avec mon amie. Elle n'est pas de la police, c'est seulement une très bonne amie et qui m'aide un peu dans mon travail. Note bien qu'elle ne te surveille pas : elle te tient seulement compagnie. J'aurais dû t'emmener à la Questure, mais tu n'es pas tellement bien, ça ne me disait rien et ça n'aurait pas été commode. Tu seras beaucoup mieux ici.

En tant que médecin, il avait tout de suite diagnostiqué le mal dont la fille souffrait : l'envie de mourir. Elle était au bord du suicide comme un verre au bord de la table, et qui tombe. Il voulait empêcher cela. Il reprit :

— J'ai besoin que tu m'aides, Herero. Quelques jours seulement, et puis — je te l'ai promis — tu seras libre.

— J'ai soif, dit Herero. Du whisky, s'ils ont du Mackenzie.

Duca fit un petit signe à Livia qui se leva et alla au téléphone.

— Une bouteille de whisky. Avez-vous du Mackenzie ?

Elle raccrocha le combiné.

— Oui, dit-elle, ils ont du Mackenzie.

Et elle resta près de la fenêtre à regarder le soleil.

— Alors, poulet, qu'est-ce qu'il faut que je fasse ?

La Noire se leva d'un bond et alla à la fenêtre, auprès de Livia.

— Vas-y, parle ! Tu ne me paies pas cette chambre d'hôtel quatre étoiles et des bouteilles de whisky pour des nèfles.

— Si, je t'offre tout ça pour rien. Je te demande un service, mais si tu ne veux pas me le rendre, tant pis !... Tu auras tout de même le quatre étoiles et le Mackenzie. Maintenant, si tu veux partir tout de suite, tu es libre. Je ne te garderai pas huit jours dans cette chambre ; je ne te collerai même pas la liberté surveillée. Pars, pars ! Mais si tu peux me rendre le service que je te demande, tu m'aideras énormément.

Elle ne répondit rien ; elle pleurait silencieusement, sans sangloter. Le garçon entra portant la bouteille de whisky, la glace et les verres. Elle se dirigea vers la table et se servit abondamment, puis, verre en main, elle alla s'asseoir sur le lit et se mit à boire et à parler tout en continuant de pleurer en silence :

— Excuse-moi de t'avoir appelé « poulet ».

— Poulet, poulet, dit Duca, c'est presque flatteur quand c'est dit gentiment.

— Oui, mais, moi, je te l'ai pas dit gentiment.

Ses larmes qui continuaient de couler et qu'elle n'essuyait pas, ses larmes, qu'un pâle rayon de soleil faisait étinceler, prenaient sur son noir visage une teinte curieusement irisée.

— Aucune importance, dit Duca. On n'est pas toujours maître de ses nerfs.

— Dis-moi ce que je dois faire, dit-elle en buvant de nouveau.

— La grande, grande fille dont je t'ai parlé est morte, dit Duca. Ils l'ont brûlée vive sous un tas d'herbes et de détritus, et je cherche ses assassins. Aide-moi à les retrouver.

— Dis-moi ce que je dois faire, répéta-t-elle du ton monotone des ivrognes.

— Tu dois avoir des amies, des collègues ; tu dois même en avoir pas mal, dit Duca. Depuis quand faistu ce métier ?

— Depuis l'âge de quatorze ans, poulet.

Mais, cette fois, elle le lui dit gentiment et même avec quelque chose d'affectueux dans la voix. Puis elle se remit à pleurer silencieusement pour de mystérieuses raisons que Duca préférait ignorer.

— La voisine qui m'avait adoptée quand mes parents sont claqués est claquée à son tour, juste quand j'avais cet âge-là, et une bonne femme de ses amies m'a alors prise chez elle pour me faire coucher avec de vieux cochons qui bavaient partout.

On ne pouvait pas dire qu'elle mâchait ses mots ; et ce qu'elle racontait là était vieux comme le monde.

— Pourquoi dis-tu toujours « claquer » au lieu de « mourir » ?

— Parce que j'ai connu un type qui disait comme ça, quand j'avais quatorze ans. C'était le fils de la bonne femme qui me logeait, et il est presque tout de suite devenu mon amour « pour la vie ».

Elle but encore et s'essuya les yeux du bout des doigts. Elle ne pleurait plus.

— À partir de ce moment-là, j'ai encaissé plus de fric qu'une succursale de banque, mais il faisait seulement que me passer par les mains. Les Italiens ne sont pas racistes et ils aiment beaucoup les Noires, les vraies, et moi je suis une pure Bantoue. Alors je faisais tellement Noire qu'ils regardaient pas à la dépense, mais je voyais jamais une lire. Cette bonne femme et son tombeur de fils me laissaient que peau de balle. Et tous ceux qu'ont suivi, c'était la même chose. Et moi, bonne pomme, je croyais toujours à ces *magnaccia*, et j'y croirai jusqu'à Dieu sait quand.

Elle but une nouvelle gorgée.

— Dis-moi ce que je dois faire ?

— Voici un téléphone, dit Duca en lui désignant l'appareil. Je vais te faire monter tous les annuaires téléphoniques que tu voudras. Ceux d'Italie, d'Europe, d'Amérique du Sud et d'Extrême-Orient. Tu vas téléphoner à toutes tes amies et collègues, à toutes celles que tu connais — où qu'elles se trouvent — et tu leur diras... Écoute, écoute-moi bien...

— Je t'écoute, dit-elle.

— Voici ce que tu vas leur dire à tes amies et collègues, dit Duca en scandant presque ses mots : « J'avais une bonne copine et qui s'appelait Donatella. Elle mesurait près de deux mètres et ne pesait pas loin de cent kilos ; elle travaillait avec moi jusqu'à ces derniers mois, et puis je l'ai perdue de vue, je n'ai plus jamais eu de ses nouvelles. J'aimerais bien la revoir. Tu as peut-être entendu dire quelque chose à son sujet, non ? Une grande, grande fille comme ça, tout le monde en entend plus ou moins parler. Alors tu en as peut-être entendu parler toi aussi. Demande voir autour de toi. » Voilà exactement ce que tu devras leur dire. Tu te rappelleras ?

— Bien sûr que je me rappellerai. Je suis soûle, mais pas conne.

— Mon amie va t'aider. Vous écrirez tout ce qu'on vous dira au sujet de cette fille. Rappelle-toi aussi que cette fille qu'on a brûlée vive s'appelait Donatella Berzaghi, qu'elle avait vingt-huit ans et que c'était une débile mentale. Aide-moi à retrouver ses assassins.

— Je t'aiderai, je te le promets.

— Mon amie va faire monter tous les annuaires téléphoniques que tu voudras.

— J'en ai pas besoin. J'ai une copine qu'est une sorte d'agence internationale des putes.

Elle n'avait plus du tout sommeil.

— Elle a toutes les adresses et les numéros de téléphone.

— Tu as aussi des amies à l'étranger ?

— Un peu partout, même au Maroc. Une en Grèce, une autre à Rio de Janeiro.

Duca se leva.

— Merci.
— De rien. Je vais tout de suite téléphoner dans tous les azimuts jusqu'à ce que j'arrive à savoir quelque chose.
Duca se dirigea vers la porte.
— Je voudrais encore te demander deux petites choses. La première, encore que tu puisses boire tant que tu voudras, ce serait que tu boives tout de même un peu moins. Ça me ferait plaisir.
— Laisse tomber, c'est pas possible.
Elle secoua la tête.
— Et la seconde ?
— La seconde ? Je voudrais que tu me dises le nom de ton dernier type, de celui pour qui tu travaillais.
Elle eut un sourire très doux, mais aussi très désespéré.
— Laisse tomber ça aussi ; je te le dirai pas.
Duca n'insista pas. Il hocha la tête, et se tourna vers Livia.
— Je m'en vais, Livia.
Puis il dit, à haute et intelligible voix, devant la Noire qui écoutait :
— Ne la laisse pas seule une minute, même dans la salle de bains. Sans ça, dès que tu la quittes de l'œil, cette fille-là se jette par la fenêtre.
Son verre de whisky à la main, Herero la Bantoue acquiesça :
— Oui, sûrement. Mais pas avant d'avoir donné tes coups de téléphone.
Duca referma la porte derrière lui. Quelques minutes plus tard, après avoir parcouru les deux cents mètres qui le séparaient de la Questure, il regagna son bureau et appela aussitôt Mascaranti.
— Excusez-moi, docteur, de vous avoir fait attendre, dit Mascaranti en entrant tout essoufflé, mais un de ces jolis messieurs que nous avons emballés m'a craché en

pleine figure, et j'étais en train de me débarbouiller. Je suis bien content parce qu'il n'y coupera pas de ses six mois pour « outrage à officier de police ».

Il se frotta les mains avec un bon sourire.

— Ah ! oui, je suis bien content !

Curieux monde que celui où il arrive qu'on trouve des gens qui se réjouissent qu'on leur ait craché au visage ! Mais, dans la police, on voit de plus étranges choses encore.

— Voilà, je cherche un type, Mascaranti, dit Duca. Un type d'une cinquantaine d'années, très petit, avec une grosse tache noirâtre sur le cou, qui dépasse de son col de chemise. C'est un type qui travaille dans le plastique, ici à Milan. Il y en a beaucoup dans cette branche, et qui ont de grosses ou de petites affaires ; mais, celui-là doit en avoir une petite ou une moyenne. Si c'était un gros industriel, il ne fréquenterait pas les maisons de rendez-vous.

Mascaranti avait commencé à prendre des notes : *« Très petit. Grande tache noirâtre sur le cou dépassant du col de chemise. Petit ou moyen fabricant d'objets en plastique. »* Des fabricants d'objets en plastique avec une pareille tache sur le cou, il ne devait pas y en avoir des tas à Milan.

— Ça presse, dit Duca, trouve-le-moi vite.

Il pensa que cela demanderait au moins une semaine.

— Ah ! j'oubliais... Envoie-moi donc le petit jeune homme à la veste de velours vert.

— D'accord, docteur, dit Mascaranti. Il est encore en train de chialer. Dans sa petite cellule. C'est l'agent de garde qui est venu me le dire.

— Envoie-le-moi tout de suite, dit Duca.

Le petit jeune homme arriva très vite. Il avait effectivement les yeux rouges d'avoir pleuré et semblait fort effrayé.

— Pourquoi pleures-tu ? demanda Duca.

— Vous m'aviez promis de me laisser libre et puis, au contraire, vous me gardez en taule. Et s'ils apprennent que je les ai mouchardés, ils vont me descendre.

— Je t'avais promis de te laisser libre, dit calmement Duca, je tiens parole : je vais te rendre ta liberté. Si je t'ai fait mettre quelques heures en cellule, c'était pour que tu ne files pas à l'anglaise. Tu seras libre d'ici quelques minutes — encore qu'il me paraisse idiot de tenir ses promesses avec des barbeaux comme toi. Mais je tiens toujours mes promesses ; je ne renie jamais ma parole — même quand il vaudrait mieux, beaucoup mieux ne pas le faire. C'est une de mes faiblesses : te voilà donc libre. Dans deux minutes, l'agent de service t'accompagnera jusqu'à la grande porte, et tu pourras recommencer à faire tes petites saletés. Cela dit, il faut encore que tu acceptes de me rendre un service, ou alors je ne te laisse pas partir. Je ne te demande pas grand-chose, un tout petit service : je voudrais seulement que si tu entends quoi que ce soit, dans le charmant milieu que tu fréquentes, au sujet de cette grande, grande fille que tu sais, tu viennes me le dire, à moi personnellement, ici. Et puis je voudrais aussi que tu me donnes un numéro de téléphone où je puisse toujours te joindre ou avoir au bout du fil quelqu'un qui me dirait où je peux te trouver tout de suite. Ne quitte surtout pas Milan, ne t'avise pas de faire de petits voyages, ou alors c'est la guerre à outrance.

Là-dessus, Duca fit signe à l'agent de service qu'il pouvait le laisser aller où il voulait. Même au diable.

Puis, pensant brusquement à sa sœur, qui se trouvait en Sardaigne avec le grand Càrrua, il eut envie de lui écrire un mot, la dernière carte qu'il lui avait envoyée remontait à plus d'un mois. Il prit un petit bloc de papier grisâtre bon marché et commença :

Ma chère Lorenza...

CHAPITRE III

Donatella, enfermée dans sa chambre, appelait son père à cor et à cri, sa terrible voix ébranlant les vitres de la fenêtre. Le monsieur plus très jeune qui lui tenait compagnie s'était rhabillé à la hâte, épouvanté par ces hurlements désespérés : « Papa, papa, papa ! » pareils aux barrissements féroces d'une éléphante en folie.

1

Duca regretta d'avoir trop sous-estimé son adjoint. Il avait cru qu'il lui faudrait une semaine pour retrouver le fabricant d'objets en plastique, mais, en moins d'un jour et demi, Mascaranti lui « balançait » sur sa table de travail le petit homme qui avait une tache noirâtre sur le cou, qui courait les clandés de luxe et aimait tellement les femmes « qui n'étaient pas comme les autres ».

— Merci, dit Duca. Assieds-toi et écris.

Ravi d'assister à l'interrogatoire et d'en noter le détail, Mascaranti prit place derrière le fabricant d'objets en plastique. C'était manifestement un homme aisé, manifestement milanais, manifestement sans ressort, et absolument incapable de dire ce qu'on s'attendait normalement à l'entendre dire : « Vous n'avez pas le droit de me traîner à la police, en pleine nuit. Vous ne savez pas à qui vous avez affaire : je suis un industriel, un honnête citoyen... » Et, de fait, il ne le dit pas. Il était seulement livide de peur. Il ne dit rien.

— Excusez-moi de vous avoir dérangé à cette heure-ci, dit Duca. Il ne s'agit que d'un petit renseignement. J'espère que vous voudrez bien aider la justice.

— Oui, oui, oui ! dit vivement le petit homme.

La grande tache noirâtre qu'il avait sur le cou dépassait du col de sa chemise. Le ton aimable de Duca le rassura un peu. Pourtant s'il avait acquiescé avec autant d'empressement, ce n'était pas que la justice lui importât beaucoup, mais plutôt qu'il craignait qu'on n'ait appris qu'il fréquentait assidûment certain « cercle culturel » de la proche banlieue ou qu'on l'avait vu deux fois avec des mineures, des mineures on ne peut plus mineures.

— Comptez sur moi, je ferai tout mon possible.

— Je n'ai seulement besoin que d'un petit renseignement, dit Duca plus aimablement encore. On nous a dit que vous aviez été une fois avec une fille...

Le *cavaliere* Salvarsati, propriétaire d'une petite fabrique d'objets en plastique — petite, mais qui lui rapportait gros, exportant, entre autres, des passe-fil dans le monde entier —, le *cavaliere* Salvarsati devint plus livide encore, redoutant l'infarctus. Et il attendit avec terreur la suite de cette phrase qu'il connaissait bien, et qui demeurait gravée dans son crâne en lettres de feu : *On nous a dit que vous aviez été une fois avec une fille... de treize ans.* Mais, encore que ces condamnables « amours enfantines » fussent irrécusables, Duca ne dit rien de semblable.

Il dit :

— ... avec une fille un peu plus grande que la normale, qui mesurait près de deux mètres, qui ne pesait pas loin de cent kilos, et que vous auriez rencontrée dans une maison fort accueillante.

L'homme acquiesça immédiatement et devint tout rouge, non point de honte mais du fait du soulagement qu'il éprouvait à l'idée qu'on semblait ignorer l'histoire de la gamine de treize ans.

— Oui, il me semble...

Il se souvenait parfaitement, mais il ne voulait pas trop se compromettre.

— N'oubliez pas qu'il s'agit d'une fille très, très grande, dit Duca patiemment.

Il comprenait humainement, en médecin, le trouble et les problèmes de ce Milanais travailleur et sensuel.

— Ce n'est point une femme seulement un petit peu plus grande et d'un peu plus de poids que les autres. Si vous avez été avec elle, vous devriez vous en souvenir sans hésitation aucune.

— Il me semble bien, mais je n'en suis pas sûr, dit l'homme timidement, mais toujours bien décidé à ne pas se compromettre par des affirmations trop précises.

C'était le Lombard type, celui qui réfléchit longuement avant de prendre un parti.

Duca décrocha le téléphone. Il faut de la patience avec les fabricants d'objets en plastique.

— L'hôtel Cavour, demanda-t-il au standardiste.

Il attendit un peu, en s'efforçant de ne point regarder la grosse tache noirâtre du petit homme qui lui faisait face. Puis on lui passa la chambre où se trouvaient Livia et la Noire.

— Oui ? répondit aussitôt Livia.

— Tout va bien ? demanda Duca.

— Très bien, dit Livia. Nous continuons à téléphoner.

— Vous avez déjà trouvé quelque chose ?

— Non, rien. Aucune trace, pas même à Alger. Maintenant nous allons appeler Assise.

— Excuse-moi, dit Duca, je n'ai pas très bien compris.

Il avait parfaitement compris, mais il désirait une confirmation.

— Vous voulez téléphoner à Assise ?

— Oui, à Assise, parce que...

Duca l'interrompit :

— Tu m'expliqueras ça plus tard, Livia. Maintenant, il faut que tu viennes ici tout de suite avec notre amie.

— Entendu, dit-elle.

Duca raccrocha le combiné et dit au *cavaliere* Salvarsati :

— Je vous demanderai de bien vouloir patienter quelques minutes.

Il tendit la main vers Mascaranti qui lui donna une cigarette et la lui alluma.

— Vous fumez ?

— Oui, merci, dit le petit homme.

Mais il refusa les Nationales de Duca, tira de sa poche un paquet déjà entamé et en sortit une Royal Size anglaise que Mascaranti lui alluma ironiquement, avec une politesse exagérée. Le *cavaliere* n'eut même pas le temps d'en fumer la moitié que déjà l'agent de service introduisait Livia et la Noire. La vue de la Romaine angolaise lui fit poser immédiatement sa cigarette dans le cendrier.

— C'est bien là l'homme dont tu m'as parlé ? demanda Duca à Herero.

— Bien sûr que c'est lui.

Elle était visiblement soûle et tenait difficilement debout.

— Donne-lui une chaise, dit Duca à Livia,

L'homme du plastique devenait vert. Il regardait la Noire que Livia faisait asseoir auprès de lui.

— Vous connaissez cette femme ? demanda Duca.

Et le petit homme fit de nouveau la même réponse, n'osant même pas mentir carrément :

— Il me semble, mais, vous savez, je ne suis pas très physionomiste...

La réponse était si niaise que Mascaranti ne put retenir un brusque et bref éclat de rire, lequel épouvanta davantage encore le *cavaliere*. L'agent de service eut un petit sourire.

— Je vous en prie, monsieur, monsieur... dit Duca.

— *Cavaliere* Salvarsati, souffla Mascaranti.

— Je vous en prie, poursuivit Duca. On ne vous accuse de rien ; personne ne veut vous envoyer au bagne ; vous n'avez rien à craindre. Je veux seulement que vous répondiez à quelques questions que je vais vous poser. Plus vite vous y répondrez, plus vite vous serez libre. Vous pouvez même rentrer chez vous dans cinq minutes, à condition de ne pas toujours me répondre :

» — Il me semble, il me semble...

En bon Milanais qu'il était, le *cavaliere* Salvarsati se rendit compte qu'il avait affaire à quelqu'un qui jouait franc-jeu, qui ne cherchait point à le tromper.

— Oui, j'ai vu cette fille, dit-il en désignant de l'œil Herero assise à sa gauche.

Cette fois, ce fut Herero qui éclata de rire.

— Et il appelle ça m'avoir « vue » ! s'exclama-t-elle.

Livia elle-même dut se contenir pour ne pas sourire.

— Cette demoiselle, dit Duca, affirme que, quand vous êtes allé la voir, vous lui avez raconté avoir fait la connaissance d'une fille très grande et d'un assez bon poids. Est-ce vrai ou non ?

Duca se leva d'un bond, et cela acheva de terroriser le petit industriel lombard.

— Oui, c'est vrai... Elle était grande... Très, très grande.

— Était-ce cette fille-ci ?

Et Duca lui jeta sous les yeux une photographie qu'il venait de prendre dans une chemise qui se trouvait sur sa table.

— Oui, oui, c'est bien elle.

— Encore deux ou trois questions, dit Duca. L'adresse de l'endroit où vous avez rencontré cette fille. Ne me dites pas que vous l'avez oubliée. Et le numéro de téléphone.

Cependant que Mascaranti notait consciencieusement chacun des mots de l'aimable conversation qui se déroulait dans ce charmant petit bureau — pour un peu, il aurait même noté chacun des soupirs qui la ponctuaient — l'homme dit :

— Non, je me rappelle très bien.

Et il donna le nom de la rue, mais pas le numéro de téléphone.

— Et le numéro de téléphone ? insista Duca. Si vous sortez votre agenda et me le dites tout de suite, cela nous évitera bien des pertes de temps. Il doit sûrement y figurer avec un nom ou une raison sociale : *Me Berruti, notaire* ou bien *Société pour l'importation des minerais ferreux,* de façon à ne pas trop tirer l'œil d'une épouse qui fourrerait son nez dans vos affaires. Allez-y, monsieur...

— Salvarsati, souffla de nouveau Mascaranti.

— Allez-y, le numéro ! dit Duca.

Il regarda Livia.

— Ramène-la chez elle.

Il voulait dire à l'hôtel Cavour ; et il regarda Herero qui, complètement soûle, tanguait dangereusement sur sa chaise.

— Et surveille-la.

— Compte sur moi, dit Livia.

Et avec une affectueuse sollicitude, elle aida la Noire à se lever de sa chaise.

— Allez, viens, Herero.

Duca regarda sortir les deux femmes, puis frappa violemment de la main sur la table. Il commençait à en avoir soupé de ce molasson de petit industriel, si riche qu'il pouvait peut-être même débourser jusqu'à un million par mois pour satisfaire ses fantaisies amoureuses, mais lâche et tortueux au point de lui faire perdre tout son temps.

— Numéro de téléphone, vite !

Avec un visage brusquement congestionné de cardiaque, le fabricant d'objets en plastique dit :

— Ils n'avaient même pas le téléphone : c'était une affaire qui ne marchait qu'avec des invités volants.

Duca le regarda. Il ne comprenait pas ce que l'homme pouvait bien vouloir dire avec ses « invités volants ».

— Qu'est-ce que ça veut dire ?

Mascaranti répondit avant même que l'homme, mort de peur, ait seulement ouvert la bouche :

— Le téléphone est devenu dangereux, docteur, même avec toutes leurs combines et les précautions qu'ils prennent. Les clandés les plus chics ne travaillent plus aujourd'hui que par invitations. Il y a des messieurs très distingués qui font la connaissance d'autres messieurs plus tout jeunes, mais pleins aux as — comme le *cavaliere* Salvarsati ici présent —, des messieurs très distingués qui vont les voir pour affaires, les rencontrent au café ou même au restaurant et qui, une fois qu'ils ont repéré le client, n'y vont pas par quatre chemins : « Vous aimez les rousses ? J'en connais justement une très mignonne, très douce, et, si ça vous arrange, je peux vous la faire rencontrer dans un endroit tranquille. Je peux même vous y accompagner. » Ce sont les courtiers du...

Duca fit mine de ne pas avoir entendu le mot de trois lettres, précis et cru, que venait de proférer son adjoint.

— Un de ces types-là a dû se présenter à M. Salvarsati et lui demander s'il ne voulait pas faire la connaissance d'une grande belle fille de deux mètres, bien roulée, qui lui coûterait un peu cher, bien sûr, mais qui valait le coup. Cette espèce de courtier a certainement dû demander à M. Salvarsati le jour et l'heure qui lui convenaient le mieux pour rencontrer cette beauté, en lui proposant de l'accompagner, au jour et à l'heure dits, dans quelque appartement aussi hospitalier que discret... et qui n'est jamais le même. C'est pour ça qu'on dit que ces gens-là ne travaillent qu'avec des « invités volants » et que M. Salvarsati ne peut pas vous donner de numéro de téléphone. Il ne vous ment pas.

Duca se fit donner une autre cigarette, et il demanda au petit homme :

— C'est vrai, ça s'est bien passé comme ça ? C'est un type qui vous a proposé une fille qui sortait de l'ordinaire, qui n'était « pas comme les autres », une géante ?

— Oui, oui, c'est vrai.

S'avouant vaincu, au bord de la syncope, il raconta tout :

— Il m'en a même proposé beaucoup d'autres. Je suis comme ça, je ne peux rien y faire... Il y a des jours où je me fais honte.

Duca craignit un instant que l'homme du plastique ne se mette à pleurer, et il n'était pas d'humeur à supporter cela.

— Calmez-vous, lui dit-il. Mais dites-moi le nom de ce type.

Il voulait parler du courtier.

— Je dois encore avoir sa carte de visite, dit le petit homme.

Il finit par tirer de sa poche un agenda assez volumineux, bourré de cartes de visite et autres bouts de papier de toute sorte, le feuilleta anxieusement et finit par trouver ce qu'il cherchait.

Duca prit la carte de visite et lut : *Me Donato De Vittorio* et, au-dessous : *Avocat-conseil*. Suivaient une adresse et deux numéros de téléphone : celui du bureau et celui du domicile. Duca passa la carte à Mascaranti.

— Amène-moi ce joli monsieur demain matin.

En tant que policier, il datait un peu : il ignorait encore qu'il existât des clandés qui ne travaillaient que dans l'« invité volant » et sur « réservation », comme on dit. Il se tourna vers le petit homme qui hésitait toujours entre la crise de larmes et la syncope.

— Rentrez tranquillement chez vous, maintenant. Et merci de vos renseignements.

2

Quelques heures plus tard, une camionnette conduite par un des plus vieux agents de la Questure — les policiers vieillissent aussi — et à bord de laquelle Duca et d'autres agents — jeunes, ceux-ci — avaient pris place, s'engageait dans une rue du centre où l'homme du plastique avait dit avoir rencontré la malheureuse Donatella Berzaghi. Il était neuf heures du matin et, dès que la camionnette stoppa, Duca remarqua deux choses : 1) qu'une excavatrice ronflait furieusement en continuant d'élargir un énorme trou ; 2) que cet énorme trou se trouvait exactement à l'emplacement où s'élevait naguère l'immeuble qui avait abrité les fredaines amoureuses de l'homme à la tache sur le cou. Fredaines pour lesquelles le fabricant d'objets en plastique aimait à choisir des partenaires hors du commun et, même, des débiles mentales. Par acquit de conscience, Duca demanda à un « fruits et primeurs » voisin si ce trou — qui constituait les fondations d'un nouvel immeuble qu'on allait construire — correspondait ou non au n° 18 du vieil immeuble démoli.

— *Ah ! si, l'era propri el desdòtt*[1], dit en milanais le boutiquier.

Aller faire une rafle dans une maison de rendez-vous, avec la camionnette et les agents, et découvrir que ladite maison est démolie et qu'il n'y a plus qu'un trou à sa place, ce n'est jamais très plaisant pour un policier, mais cela le devint beaucoup moins encore quand Duca se souvint d'un autre bruit d'excavatrice, entendu trois jours plus tôt, alors qu'il se trouvait dans la chambre de cette désespérée d'Herero, la Bantoue romaine. Et brusquement, il comprit tout.

L'immeuble qu'on avait démoli, et qui avait abrité un clandé, était à cheval sur deux petites rues élégantes du centre. Et Duca se trouvait aujourd'hui, avec son inutile camionnette bourrée d'agents, dans l'une de ces deux petites rues d'où il voyait et entendait l'excavatrice, alors qu'il était, il y avait trois jours, en conversation presque galante avec une Noire dans un immeuble de l'autre rue, où lui parvenait également le bruit de l'excavatrice.

Il y aurait eu de quoi rire, se dit Duca, s'il en avait eu envie : on démolit un clandé de ce côté, et il y en a un autre en face.

Et en regagnant la Questure, il fit une constatation bien décourageante : retrouver les propriétaires de l'appartement qui avait abrité Donatella ne serait pas facile. C'était possible, bien sûr, mais cela demanderait du temps. L'immeuble démoli devait vraisemblablement comporter quatre étages et, comme il était à cheval sur deux rues, un minimum de vingt appartements dont certains avaient été achetés, d'autres, loués et quelquefois même sous-loués. Et il aurait fallu des mois pour arriver à savoir quelque chose et aussi des dizaines de policiers, alors qu'on en trouvait difficile-

1. Ah ! oui, c'était bel et bien le dix-huit. (*N. d. T.*)

ment un pour le dépêcher au tabac du coin qu'on venait de cambrioler. Non, rien à faire de ce côté-là. Ce n'était même pas la peine d'y penser.

Quelque chose de plus décourageant encore l'attendait à son bureau. Mascaranti lui mit sous les yeux la carte de visite que leur avait donnée l'homme du plastique : *Me Donato De Vittorio, avocat-conseil* et où se lisaient aussi une adresse et deux numéros de téléphone.

— Tout est faux là-dessus, dit Mascaranti.

— Comment ça ?

— Il n'y a pas de via Colchitor à Milan. Le cadastre me l'a confirmé. Et puis le téléphone, c'est pas des numéros normaux.

Duca jeta un coup d'œil sur la carte de visite. Les numéros en question lui parurent absolument normaux.

— Pourquoi ?

— Parce que ce sont des numéros qui ne sont pas encore attribués, dit Mascaranti. Ce matin à huit heures, j'ai tiré de son lit, par téléphone, une grosse légume de la « Stipel[1] » et il m'a affranchi. Ça faisait plus d'une heure que j'appelais ces deux numéros-là et que je n'entendais jamais rien. Pas plus de sonnerie « libre » que de sonnerie « occupé ». Alors il m'a expliqué qu'ils avaient une réserve de numéros de secteurs, des « indicatifs chiffrés » comme ils disent, pour les nouveaux abonnés. Une supposition, docteur : vous achetez un petit pavillon dans le quartier de San Siro et vous demandez le téléphone ; ils vous donnent aussitôt un numéro, mais, tant que vous n'avez pas la ligne, c'est comme si ce numéro n'existait pas, comme si vous frappiez sur une tombe et que vous demandiez : « Il y a quelqu'un ? »

1. « Stipel » : sigle d'une compagnie téléphonique privée italienne dont la ville de Milan est la principale cliente. (*N. d. T.*)

Cette macabre comparaison déplut souverainement à Duca.

— Et le nom ? demanda-t-il rudement. Il y a aussi un nom là-dessus : *Donato De Vittorio*. As-tu seulement essayé de savoir si c'était un vrai nom ?

Mascaranti lui tendit une cigarette pour le calmer, et la lui alluma.

— Vous pensez bien que j'ai pas perdu mon temps à ça, dit-il. Des *Donato De Vittorio*, il y en a plein Milan et même plein l'Italie. Ça ne valait vraiment pas la peine de se mettre en quatre pour le vérifier. Non, je voulais aller voir ce type chez lui, via Colchitor, et je regarde sur le guide : pas plus de via Colchitor que de beurre en broche. Alors je demande à la police municipale et ça ne leur dit rien non plus ; je réveille le chef du cadastre et il me déclare officiellement qu'on s'est foutu de nous. Je crois bien qu'il a raison.

Mascaranti non plus n'était pas content.

— Entre nous, docteur, si je faisais ce boulot-là, croyez-vous que je me ferais faire des cartes de visite avec mon vrai nom, ma vraie adresse et mon vrai numéro de téléphone ? Nous ramassons chaque nuit des floppées de types qui ont deux ou trois cartes d'identité et, pour leur faire dire laquelle est la bonne, il faut les interroger jusqu'à plus soif. Bien sûr que je mettrais un faux nom ; bien sûr qu'en lui glissant un gros billet, je me ferais donner par un employé de la « Stipel » la liste des numéros de téléphone disponibles ; bien sûr que j'inventerais un nom de rue. L'important, c'est de pouvoir se présenter comme avocat-conseil ou comme ingénieur des mines aux vieux cochons qui cherchent à se remonter le moral avec des bonnes femmes.

Mascaranti eut un brusque rire nerveux.

— Ne t'emballe pas comme ça, dit Duca.

Mascaranti avait absolument raison ; et Duca n'aurait

pas dû attendre qu'on lui dise ces choses-là pour y penser, mais il faut croire qu'il devenait idiot. Il y avait des indices, bien sûr : le petit homme à la tache noirâtre sur le cou ; un clandé qui, quoique démoli, pouvait servir de point de départ à une plus vaste enquête ; la carte de visite aussi, dont on aurait pu retrouver l'imprimeur, comme on aurait également pu retrouver l'employé qui avait communiqué la liste des numéros de téléphone disponibles. Mais tout cela aurait été un travail de longue haleine. Un travail qui aurait demandé beaucoup de temps et le concours de dizaines de brigades et services spécialisés, alors qu'il voulait, lui, résoudre immédiatement cet horrible problème.

Il lui restait tout de même un espoir.

— Je sors un moment, dit-il à Mascaranti.

3

Quelques minutes plus tard, il était à l'hôtel Cavour dans la chambre de la Noire.

Il n'y trouva que Livia.

— Où est-elle ? lui demanda-t-il sèchement.

— Dans la salle de bains, ne t'inquiète pas, répondit Livia.

— Je t'avais dit de ne jamais la quitter de l'œil, même dans la salle de bains. C'est bon, dit Duca.

Elle n'aimait pas quand il avait cette voix-là, car cela voulait dire qu'il avait des soucis. Elle frappa à la porte de la salle de bains :

— Tu peux m'ouvrir ?

— C'est ouvert, ma jolie, j'ai jamais mis le verrou.

Livia touna la poignée de la porte et entra. Herero se tenait nue debout dans la baignoire, sous le violent jet d'eau froide de la douche. Quelques instants plus tard, Duca, assis immobile sur une chaise, la voyait apparaître, bien vivante, avec un soulagement évident. Les salles de bains sont des endroits rêvés pour les suicides.

— Qu'est-ce que tu me veux ? dit Herero. Je peux prendre une douche, non ?

— Excuse-moi, dit Duca, je voulais savoir s'il y avait du nouveau pour les coups de téléphone.

— On a fait le maximum, répondit Livia. Elle a appelé toutes ses amies, mais on n'a rien trouvé.

— Tu m'avais parlé d'Assise.

— Oui, il me semble bien qu'il y a quelque chose de ce côté-là, mais c'est un peu vague, dit Livia.

— C'est une de mes copines, dit la Bantoue. J'ai appris qu'elle était malade depuis des mois et qu'elle était retournée dans sa famille à Assise.

« Quelle drôle de chose que la vie, se dit Duca. Une fille naît à Assise, vient trafiquer de ses charmes à Milan, puis tombe malade et retourne à son point de départ. »

— Je suis arrivée à trouver son adresse à Assise et je l'ai fait appeler au téléphone dans un café. Dès que je lui ai eu expliqué la chose, elle m'a tout de suite dit qu'elle avait vu cette grande fille, peut-être rien qu'une fois, mais qu'elle était sûre de l'avoir vue, et elle m'a même dit qu'elle s'appelait Donatella.

Sur sa chaise, Duca semblait plus immobile que jamais.

— Continue, continue...

— Elle l'avait vue dans une maison de rendez-vous, un jour que cette malheureuse... dit Livia.

— Oui, dit la Noire, Donatella. Elle restait toujours enfermée dans sa chambre, et les autres filles ne l'avaient jamais vue avant. Elles ne savaient même pas qu'elle existait ; on ne la voyait jamais traverser l'appartement ; mais, une nuit, il y a eu un drôle de ramdam.

Donatella, enfermée dans sa chambre, s'était mise à hurler, à appeler son père à cor et à cri, sa terrible voix ébranlant les vitres de la fenêtre. Le monsieur plus très jeune qui lui tenait compagnie s'était rhabillé à la hâte, épouvanté par ces hurlements irrépressibles, désespérés : « Papa, papa, papa ! » pareils aux barrissements féroces d'une éléphante en folie. « Papa, papa, papa ! » On devait entendre Donatella jusque sur la place San Babila, jusque dans la via Manzoni, jusque sur la place Cavour. La malheureuse tournoyait, nue, à travers la pièce, heurtant les meubles, les murs, renversant les chaises sur son passage, se blessant et n'arrêtant pas de hurler de sa voix noyée de désespoir : « Papa, papa, papa ! »

Tout le monde s'était précipité vers la chambre de la géante : la patronne, les deux souteneurs de service, les autres filles, les deux vieilles femmes de chambre et jusqu'à la cuisinière, tandis que, naturellement, les rares mais riches clients s'enfuyaient aussi rapidement que le leur permettaient leurs faibles forces — car le cardio-chirurgien X et Y, le jeune éditeur bien connu, ne tenaient pas à ce qu'on les surprenne dans un endroit aussi olé olé.

La copine d'Herero et les autres filles étaient entrées dans la chambre de Donatella alors que les deux souteneurs avaient déjà calmé et réduit au silence la pauvre géante, en lui décochant un terrible coup de poing. Sa bouche saignait encore.

— Foutez-moi le camp, salopes ! avait hurlé l'un des deux barbeaux.

Mais cette aimable injonction était bien inutile : les filles, terrorisées, avaient presque aussitôt quitté la chambre en se bousculant, et la copine de la Noire n'avait plus jamais remis les pieds dans ce clandé.

— Mais ta copine a sûrement dû te donner l'adresse de cette maison, non ?

— Oui, dit Livia en répondant à la place de la fille qui allumait une cigarette. Je l'ai notée.

Duca lut l'adresse en question et ferma les yeux : il y a vraiment des jours où tout vous claque dans les mains. La rue et le numéro correspondaient exactement à l'endroit où il s'était rendu quelques heures plus tôt, autrement dit à ce grand trou où une grosse excavatrice s'employait malignement à mettre en pièces les nerfs déjà éprouvés des Milanais du coin, de huit heures du matin à cinq heures de l'après-midi.

— Elle ne t'a rien dit d'autre, ta copine ? demanda Duca à Herero.

Si le clandé avait disparu à jamais, puisqu'on avait bel et bien démoli l'immeuble qui l'abritait, on pouvait peut-être tout de même connaître le nom de la tenancière, avoir quelques tuyaux sur les deux barbeaux, sur les autres filles, sur les femmes de chambre, sur la cuisinière : tout nom, tout renseignement qu'on pourrait encore « piquer » pouvait grandement aider l'enquête.

— Non, rien, dit nettement la Bantoue qui avait enfin cuvé son whisky. Je sais bien ce que tu voudrais savoir, je lui ai demandé et, si elle l'avait su, elle me l'aurait dit. Mais elle savait rien. C'était la première fois qu'elle allait dans cette boîte, et ç'a aussi été la dernière parce que son jules n'a plus voulu qu'elle y fiche les pieds...

— Demande-lui au moins le nom de son ami. Il pourra sûrement nous dire, lui, comment s'appelaient la patronne et les deux barbeaux. Fais ça pour moi.

— Non, dit Herero, debout, catégorique. Non, je ne vais pas l'appeler pour lui demander ça. Du reste, même si je le faisais, elle ne me donnerait pas le nom de son jules.

C'était à pleurer. Le berger sarde ne veut pas dire à

la police le nom de celui qui a tué son frère ; la vieille Sicilienne ne veut pas dire le nom du gars de la mafia, qu'elle connaît pourtant bien, qui a descendu le fils de sa meilleure amie ; et les putes ne veulent pas dire le nom de l'ignoble individu qui les exploite odieusement. Eh bien ! qu'ils continuent, qu'ils continuent donc tous à se raccrocher stupidement à leur stupide « point d'honneur » ! Ce n'était pas la première fois que Duca se disait qu'il fallait parfois ne pas punir seulement les coupables mais aussi leurs victimes, lesquelles se laissaient faire par lâcheté quand ce n'était pas par bêtise.

— Donne-moi au moins le nom de ta copine d'Assise.

Herero Akaounou était allée s'asseoir sur le lit pour écraser sa cigarette dans le cendrier de la table de chevet.

— Ton amie l'a déjà. Je l'ai fait appeler dans un café et j'ai bien été obligée de dire son nom. Alors ton amie l'a aussitôt noté dans son agenda.

Elle acheva d'éteindre son mégot.

— Mais attention, hein ? Je t'ai fait confiance, et c'est bien pour ça que je t'ai aidé à rechercher tes assassins. Mais laisse tomber ma copine. C'est une pauvre malade, une pauvre malheureuse, et qui ne pourra ni ne voudra t'en dire davantage que ce qu'elle m'a déjà dit. Ne me la fais surtout pas venir ici à Milan ; n'essaie pas de l'interroger jour et nuit pour lui faire cracher le nom de son *magnaccia*. Ou alors ça voudrait dire que tu n'es pas plus le type qu'on croit que tous ces gens qui sont toujours autre chose que ce qu'ils ont l'air d'être, que tu n'es pas le brave type qu'on dirait et qui cherche à faire gentiment son petit boulot, mais rien qu'une sale ordure de flic.

Duca se tourna vers Livia.

— Donne-lui la page où tu as inscrit le nom de sa copine.

Livia sortit aussitôt son agenda de sa poche, en arracha la page en question et la donna à la fille.

— Nous n'en avons que faire, dit Duca. C'est moi qui vais te donner une adresse.

Et prenant un bout de papier froissé qui traînait au fond de sa poche, il y inscrivit son nom, son adresse, le numéro de son bureau et même ses deux numéros de téléphone.

— Voici mon nom et mon téléphone personnel. Quant à l'autre numéro, c'est celui de la Questure. Si tu as besoin de quelque chose, n'hésite pas à m'appeler : je ferai mon possible pour t'aider. Tu peux partir, maintenant. Tu es libre. Je te remercie de ton concours.

La fille prit le bout de papier, le glissa dans la poche de son gros tailleur orange et demanda sèchement :

— Je peux m'en aller ?

— Bien sûr, dit Duca.

Herero Akaounou, le visage absolument impassible, se dirigea vers la porte, l'ouvrit et sortit sans mot dire, sans même se retourner.

Livia ravala nerveusement sa salive.

— Crois-tu qu'elle va se suicider ?

— Je n'en sais rien, dit Duca, et j'ignore si j'ai vraiment tout fait pour l'empêcher de se tuer. Probablement pas.

Livia alla à la commode sur laquelle se trouvaient la bouteille de whisky et un verre que marquait encore le rouge à lèvres d'Herero. Elle lava le verre dans la salle de bains, revint et se versa deux doigts de whisky. Elle en avait vraiment besoin.

— Je vais te demander un conseil, dit Duca pour qui Livia était la sagesse faite femme et comme une sorte de Minerve personnelle.

— Oui...

— Nous n'avons aucun moyen de retrouver rapidement les assassins de Donatella. J'espérais pouvoir résoudre ce problème en une semaine ou deux, au maximum, mais... J'ai bien quelques indices, et qui finiront peut-être par nous donner la solution ; mais ça demandera des mois et des mois, et je ne suis pas fait pour ce genre de boulot à la petite semaine. Crois-tu que je puisse repasser toute l'affaire à Mascaranti, déjà débordé de travail, et la lui laisser débrouiller tout seul, comme il pourra ? Crois-tu vraiment que je puisse faire ça ? Je commence à en avoir ma claque de ces pauvres filles, de ces ordures de barbeaux, de ces vieux cochons qui vont jusqu'à dépenser des demi-millions pour satisfaire leur libido, et aussi de ces salopes qui leur trouvent des gamines, des géantes, des naines, des guenons et qui sait quoi de pire encore. J'en ai marre, marre ! J'aime mieux les gangsters qui sautent carrément sur le comptoir d'une banque, mitraillette braquée ; j'aime mieux les types qui s'en prennent aux trains postaux, ceux qui cambriolent des appartements ou dévalisent des bureaux de tabac. Ce sont des gens courageux, ceux-là, et je les préfère à la pourriture de cette tourbe de sangsues qui sucent à mort ces malheureuses filles.

— C'est justement pour balayer cette pourriture, dit sèchement Livia, qu'il te faut continuer ton enquête. Mascaranti n'y suffirait pas. Il te faut la continuer avec lui, et même avec beaucoup d'autres. Plus vous serez nombreux, plus vous pourrez neutraliser cette pourriture. Si tu commences à canner, toi un des cerveaux de la Questure, que veux-tu que fasse le pauvre flic qui demande leurs papiers aux barbeaux qui se baladent sous les arcades du cours Victor-Emmanuel II, histoire de surveiller leurs femmes qui tapinent dans les rues adjacentes ?

Duca ne répondit rien. Il dit seulement, au bout de deux ou trois minutes :

— Merci, Minerve.

Il avait eu un moment de dépression, mais c'était fini : il allait poursuivre la lutte, et plus énergiquement encore.

— Il nous faut tout reprendre à zéro ; il nous faut retrouver le petit jeune homme à la veste de velours vert ; il nous faut continuer la tournée des clandés de luxe ; il nous faut pourchasser les ordures, hommes et femmes, qui peuvent avoir connu et exploité Donatella et qui ont fini par la tuer...

— Ne t'emballe pas, dit Livia.

CHAPITRE IV

Il avait complètement vidé la chambre de sa « gamine », démonté chaque meuble, un par un, et descendu le tout à la cave. Quant aux poupées, les ayant mises dans des sacs en plastique, il avait attendu un matin les éboueurs et s'était assuré qu'ils jetaient bien lesdits sacs dans leur camion-benne, avec les ordures ménagères. Il est des souvenirs intolérables, des souvenirs qui tuent. Mais il voulait vivre, lui. Au moins jusqu'au jour où les assassins de sa fille seraient pris et châtiés.

1

Amanzio Berzaghi sortit du bar qui se trouvait en face de chez lui, avenue de Tunisie, boitant un peu moins que d'ordinaire, car l'alcool, le marc, avait pour effet — chose étrange — d'assouplir les articulations de son genou déficient. Il avait peut-être bu un peu plus que de coutume, et quelqu'un qui ne l'aurait pas connu ne se serait pas aperçu qu'il boitait un peu, tant, ce soir-là, il marchait d'un pas assuré et quasiment léger, encore qu'il fût un peu lourd.

Il ouvrit la porte de son petit appartement comme à regret, car il n'aimait pas rentrer chez lui depuis que Donatella n'était plus là. C'était un vendredi soir, et il était un peu plus d'une heure du matin. S'il avait pu s'attarder autant et boire autant de petits marcs, c'était parce qu'il faisait la semaine anglaise et que le lendemain, samedi, il aurait pu faire la grasse matinée. Mais, malgré l'euphorie provoquée par l'alcool, cet appartement — où il vivait depuis trop de mois sans sa « gamine », sans sa Donatella — lui causait un sentiment de malaise et il ne le regagnait chaque fois qu'en se forçant beaucoup.

Il alluma tout de suite l'électricité car il avait peur de rester dans le noir — comme les gosses. Et il vit aussitôt la chose. Il avait le pied dessus. C'était une lettre. Il la regarda un moment, en cherchant à comprendre. Et il comprit enfin, difficilement à cause des fumées de l'alcool : on l'avait glissée sous la porte.

Il déplaça son pied, se baissa et ramassa la lettre. L'enveloppe ne portait aucune suscription et n'était point fermée. Il la regarda longtemps sans oser y glisser la main, puis il se décida, en tira une feuille de papier et lut ce qui y était écrit. Il la lut et la relut longuement, cette feuille de papier. Puis il la mit dans sa poche, avec l'enveloppe, et se dirigea vers la salle de bains en se remettant brusquement à boiter, et bien plus qu'il n'était normal. Il eut tout juste le temps de se précipiter vers le lavabo et d'y vomir. À vrai dire, il n'y vomit pas grand-chose car il ne mangeait presque plus rien maintenant. Mais il vomit tout de même.

Puis méticuleusement, en méticuleux et soigneux Milanais qu'il était, il ôta son veston, se nettoya soigneusement le visage, remit son veston — dans le silence désormais absolu de cet appartement désolé —, traversa le couloir, pénétra dans la petite salle à manger qui faisait aussi office de salon, y donna toute la lumière, s'assit devant la table et recommença de lire la lettre, sous l'abat-jour d'une lampe qui se trouvait là.

Il la relut jusqu'à trois heures du matin, cette lettre. Il la relisait méthodiquement, toutes les deux minutes ou presque. Il la relut plus de cinquante fois. Cent fois, peut-être. Puis il se leva et gagna sa chambre. Celle de Donatella était tout à côté. Comme chaque soir, il ouvrit la porte de communication et donna de la lumière dans la chambre de sa « gamine ».

Elle était entièrement vide. Il ne s'y voyait plus un meuble : ce n'était seulement qu'un grand cube vide, nu. Même l'ampoule électrique qui pendait du plafond, au centre de la pièce, était nue, vissée dans une douille nue. Avant, du temps de Donatella, c'était un lustre luxueux à l'abat-jour irisé et d'où pendaient des dizaines de petits animaux en plastique, sortis tout droit de la mythologie disneyenne dont Donatella raffolait : Mickey, Bambi, Pluto, Donald...

Mais il avait tout enlevé. Vous pouvez garder des souvenirs de votre fille quand elle est morte, comme ça, d'une broncho-pneumonie ou d'un accident quelconque ; mais garder des souvenirs de votre fille quand elle vous a été enlevée par des brutes sanguinaires qui vous l'ont ensuite ignoblement assassinée, non, ce n'était pas possible. Après avoir vu Donatella à la morgue, il avait vidé la pièce pour ne plus revoir sa fille, pour l'oublier à jamais comme s'il ne l'avait jamais eue. Il est des souvenirs intolérables, et qu'il faut à tout prix effacer de sa mémoire.

Il avait démonté, un par un, les meubles de la petite chambre de Donatella et il les avait rangés dans la cave de l'immeuble. Il avait enveloppé, une par une, les innombrables poupées qui parsemaient le lit, le petit divan de sa fille, les deux petits fauteuils, la petite console qui se trouvait près de la fenêtre ; il avait détaché, un par un, les petits personnages de Walt Disney qui pendaient du lustre accroché au centre du plafond. Il avait mis tout cela, animaux et poupées, dans des sacs en plastique et, un matin, il avait attendu les éboueurs et s'était assuré qu'ils jetaient bien lesdits sacs dans leur camion-benne, avec les ordures ménagères. S'il avait gardé ces poupées ou ces Mickey, ces Donald, ces Bambi, il serait devenu fou. Il serait peut-être même mort. Or il voulait vivre, et garder toute sa tête, jusqu'au jour où les assassins de sa fille seraient pris et châtiés. Il n'avait seulement conservé que les photographies de Donatella. Mais rien d'autre, non, qui aurait pu la lui rappeler.

C'était pour cela que la chambre était vide, comme après un déménagement. Pourtant, chaque fois qu'Amanzio Berzaghi rentrait chez lui, il ouvrait la porte de cette chambre vide. Et cette chambre vide, désolée, se remplissait d'un coup, se remeublait pour lui : le petit lit revenait et aussi la petite commode et les poupées ; les petits animaux qui pendaient du lustre se balançaient encore ; le petit manège à carillon tournait et tintait toujours.

Amanzio Berzaghi éteignit la lumière et referma la porte. Il avait trop de bon sens pour ne pas comprendre que le fait d'ouvrir la porte de cette chambre vide chaque fois qu'il rentrait chez lui était un geste qui ne rimait à rien, un geste dérisoire. Et pourtant il le faisait quand même.

Il passa dans la pièce voisine, qui était sa propre chambre et celle de sa « pauvre chère femme ». Il se déshabilla méticuleusement et soigneusement, se glissa sous les draps et ferma les yeux. Mais il n'éteignit pas la petite lampe de la table de chevet ; il ne l'éteignait plus depuis que sa femme était morte et qu'il lui avait fallu commencer à veiller sur sa « gamine ».

Allongé, les yeux fermés, il continuait à relire la lettre. Il la savait par cœur maintenant, mot à mot, et en revoyait très nettement l'écriture. Une écriture très grande, très désordonnée.

2

Il continua à la lire, d'innombrables fois, toute la nuit. Elle disait ceci :

Voici les noms et les adresses des assassins de ta fille :

1) Franco Baronia : c'est celui qui a tué ta fille à

coups de pierre. Il habite 86, via Ferrante Aporti, avec sa maîtresse qui s'appelle :

2) Concetta Giarzone. C'est une ancienne tapineuse et elle tient le vestiaire dans une boîte de nuit. C'est elle qui a aidé à enlever ta fille.

3) Michel Sarosi, dit Gros Michel. Tu le connais très bien : c'est le garçon du bar où tu vas boire tes petits marcs. Et tu connais très bien aussi les deux autres parce que ce sont des clients de ce bar.

C'était tout. Il n'y avait rien d'autre. Et il n'arrêtait pas de se répéter ou plutôt de relire par la pensée, immobile et les yeux fermés, cette phrase-ci : *Franco Baronia : c'est celui qui a tué ta fille à coups de pierre.* Ou bien cette autre : *Concetta Giarzone : c'est elle qui a aidé à enlever ta fille.*

Il lui semblait qu'il allait étouffer. Il ne se sentit un peu mieux qu'à neuf heures du matin, heure à laquelle il avait décidé de se lever. Il ne cessait de se dire que, la veille au soir, il avait justement parlé avec Gros Michel, le garçon du bar d'en face, un de ceux qui avaient assassiné sa fille. Il n'y avait guère plus de huit heures que Gros Michel lui avait servi ses petits marcs, en faisant de l'esprit avec un autre client à propos du bulletin du *Totocalcio*[1] qu'ils rempliraient l'un et l'autre, le lendemain samedi.

Brusquement, un malaise le prit dans la salle de bains. Il s'écroula et demeura peut-être bien quelques secondes sans connaissance. Quand il revint à lui et qu'il parvint à se relever en s'agrippant à la baignoire, il se dit qu'il connaissait aussi les deux autres, des habitués du bar, des amis de Gros Michel qui les appelait familièrement *Francolino* et *Concettuzza.*

En se rasant, il conclut que la lettre ne mentait pas.

---

1. Le *Totocalcio*, fort populaire en Italie, est un concours de pronostics basé sur les résultats des matches de football. (*N. d. T.*)

Il n'était plus jeune, il connaissait la vie, il se méfiait et il n'avait pas cru tout de suite à ce que racontait la lettre. Ç'aurait pu être une plaisanterie de mauvais goût. Il finit d'ôter le savon à barbe qui lui restait encore sur la figure et se passa un peu d'alcool sur les joues. La personne qui avait écrit cette lettre savait de quoi elle parlait. Il s'assit sur le bord de la baignoire parce que la tête lui tournait de nouveau et qu'il craignait de tomber encore. Quand il se sentit un peu mieux, il se leva et sortit.

Le bar où travaillait Gros Michel n'était qu'à quelques pas de chez lui. Ce devait être une grande satisfaction pour un père que de regarder l'assassin de sa fille dans les yeux et de lui parler. Oui, ce devait être une grande, une très grande satisfaction, et il voulait se l'offrir. Il l'avait déjà vu la veille, Gros Michel, mais il ignorait alors que c'était l'assassin de sa fille tandis que, maintenant, il ne pourrait plus jamais le voir que sous cet aspect.

Il poussa la porte du bar. Cela faisait des années qu'il y venait : deux fois le matin ; deux fois l'après-midi ; une fois le soir. Il ne buvait pas toujours un petit marc ; il prenait souvent un crème et même parfois un amer. C'était le bar type de la société de consommation. Pas très gai. Et pourtant rien n'y manquait : ni le billard électrique ; ni le juke-box ; ni la télé ; ni la radio qui jouait en sourdine quand il n'y avait pas de programmes télévisés ; ni la petite salle du fond avec ses petites tables recouvertes de feutre vert et réservées aux joueurs de cartes. Il y avait aussi, bien sûr, un réfrigérateur vitré qui occupait un bout du comptoir et où se voyaient des jambons, des saucissons, des quarts de meules de gruyère et une longue file de raviers en plastique contenant des anchois, des petits artichauts vinaigrette, des câpres. Il y avait encore un four pour les pizzas et, à l'autre bout du comptoir, un coin réservé à la pâtisserie — mokas, tartelettes et autres — présentée sous cellophane, plus une espèce de palais de verre des Nations unies où s'étageaient des bonbons avec ou sans chewing-gum, de goûts fort divers, et dont quelques-uns contenaient même des vitamines C contre la grippe.

— Gros Michel n'est pas là ? demanda Amanzio Berzaghi en s'approchant du comptoir.

Le patron qui était en train de se regarder dans la glace des étagères à bouteilles et qui, partant, lui tournait le dos, occupé qu'il était à examiner un furoncle, ou bien quelque poil superflu, ou encore quelque tache qu'il avait sur la peau et qui l'intéressait particulièrement, le patron dit, sans même se retourner :

— Bonjour, monsieur Berzaghi.

Après quoi il lui fit face d'un air las.

— Non, il n'est pas là.

— C'est son jour de repos ?

Le patron sourit aigrement.

— Ce ne sont pas les jours de repos qui lui manquent à celui-là ! Il en prend quand il veut ; il vient quand ça lui chante. Et je suis tout de même bien obligé de le garder, parce que les autres sont encore pires que lui.

Il avait l'air d'un brave homme, et même sa colère n'y pouvait rien changer.

— Un petit marc, monsieur Berzaghi ?

— Oui.

Amanzio Berzaghi le but d'un coup. Puis il mit de l'argent sur le dessus de la caisse enregistreuse et, tandis que le patron lui rendait sa monnaie, demanda :

— Il sera peut-être là cet après-midi, non ?

— Comment voulez-vous que je le sache ? dit le patron. Ce charmant jeune homme vient apparemment quand il n'a rien de mieux à faire. Je chercherais bien un autre garçon, mais ce n'est pas facile.

Il se servit également un petit marc.

— Voulez-vous que je lui fasse une commission ?

— Oh ! dit Amanzio Berzaghi, ça ne presse pas.

Puis il sortit. Il marchait en boitant pesamment et se disait qu'il serait bientôt au 86 de la via Ferrante Aporti. Le temps commençait à se gâter, ce n'était pas encore du brouillard à proprement parler, mais le ciel virait au gris. Il s'assit deux minutes, pour se reposer un peu, sur un banc d'un petit square aux plates-bandes anémiques. Un petit square qu'écrasait à gauche la lourde masse de la Gare centrale et que coinçaient les quatre rues qui l'entouraient, livrées au trafic chaotique et assourdissant de camions postaux, de taxis frénétiques et d'énormes cars qui venaient de très loin. Amanzio Berzaghi n'aurait pas dû aller au 86 de la via Ferrante Aporti — quelque chose le lui disait — mais, quand il eut repris son souffle et que la douleur de son genou se fut un peu calmée, il se leva et s'engagea tout de même dans la via Ferrante Aporti.

Ce ne fut qu'après avoir dépassé le grand immeuble des PTT qu'il commença à se demander comment on avait bien pu faire pour glisser cette lettre sous sa porte. En bon Milanais réfléchi qu'il était, il tenait à connaître le fond des choses. La veille au soir, il était sorti de chez lui vers onze heures pour aller au bar boire un peu et regarder le télé-journal, la seule émission qui l'intéressât. À onze heures, il n'y avait pas de lettre sous sa porte et, au surplus, l'entrée de l'immeuble était fermée. Donc cette lettre avait été glissée sous sa porte par quelqu'un qui avait la clé de l'entrée de l'immeuble ; autrement dit, un locataire. Ou bien la personne à la lettre avait attendu sur le trottoir que quelqu'un entre pour entrer derrière lui. Puis il se demanda quelle importance tout cela pouvait bien avoir. Qu'il sache qui la lui avait apportée, cette lettre, et comment on avait fait pour entrer dans l'immeuble ne pouvait lui servir à rien.

Arrêté devant un feu vert, il frissonna. Non pas de froid, mais à cause d'une image qui semblait imprimée sur sa rétine, au fond de ses orbites broussailleuses, et qui lui montrait le corps de sa fille, noirci, brûlé, allongé sur le marbre noir de la morgue. Une image qui s'imposait à lui plusieurs fois par jour, plusieurs fois par nuit, avec une insistance sadique. Une image atroce, lancinante, et que rien, jamais, ne parvenait à effacer.

Le feu passa au rouge. Il traversa le carrefour, frissonnant encore ; mais, dès qu'il arriva devant le 86 de la via Ferrante Aporti, le frisson cessa brusquement. Amanzio Berzaghi se redressa, se raidit, mû par une force intérieure qui le voulait inexorable.

— Mlle Concetta Giarzone, s'il vous plaît ? demanda-t-il au concierge avec une affabilité toute lombarde, encore que sa raideur ne l'abandonnât point.

Était-ce parce que le terme « mademoiselle » lui parut incongru que le concierge dissimula mal un petit sourire ?

— Septième étage.

Et il ajouta méchamment :

— L'ascenseur est en panne.

— Ça ne fait rien, dit doucement Amanzio Berzaghi.

Il aurait été capable de monter à pied jusqu'au sommet de l'Empire State Building tant cette force déchirante et désespérée qui était en lui le soutenait.

Il monta, en s'arrêtant à chaque étage, l'escalier de cette maison encore neuve, mais déjà malodorante, qui donnait sur le fouillis inextricable des rails de la Gare centrale où des trains roulaient follement. Il gravit un peu plus difficilement les trois derniers étages, en faisant une pause à mi-course. Au septième, il n'y avait seulement qu'une porte, nue, sans plaque. Il reprit son souffle avant de sonner. Et quand enfin il se sentit moins oppressé, il posa le bout de son index sur le petit bouton blanc sale, et appuya. Il entendit distinctement le bruit de la sonnette.

CHAPITRE V

Aujourd'hui, ces gens-là n'ont plus aucune pudeur. Ils n'ont peur de rien : ils racontent tranquillement, au restaurant ou dans le métro, à leurs copains ou à leurs putes, qu'ils vont aller égorger leur vieille mère le lendemain matin, et ils tiennent bel et bien parole. Et ceux qui les écoutent font mine de n'avoir rien entendu.

1

— Arrête-toi. Ce doit être par ici, dit Duca.

Livia, qui conduisait, ralentit doucement. Mascaranti se tenait sur le siège arrière avec le petit jeune homme à la veste de velours vert olive, qui portait maintenant une sorte de canadienne ou, plutôt, un autocoat marron clair bordé de fourrure.

— Oui, c'est ici, dit Mascaranti. À une centaine de mètres après la cabane du cantonnier.

Ils descendirent tous, à l'exception du petit jeune homme, dans le crépuscule précoce de ce samedi de novembre. Ils se trouvaient sur la provinciale Milan-Lodi. Encore qu'il n'y eût point de brouillard, le temps était si gris et s'assombrissait si bien qu'on aurait dit qu'il y en avait.

— C'est à peu près ici, dit Mascaranti.

Il voulait dire que c'était là, à vingt mètres près, l'endroit où l'on avait découvert le cadavre à demi brûlé de Donatella Berzaghi. Duca regarda la plaine immense où l'herbe déjà, qui pressentait l'hiver, commençait de pourrir. Il regarda le long ruban de la route, d'un gris-noir sale dans le vert sale de la plaine, et remonta en voiture. Pourquoi avait-il fait cet arrêt touristico-macabre ? L'endroit où on avait tué Donatella Berzaghi n'avait guère d'intérêt ; l'important, c'était de découvrir ses assassins. Et peut-être les avait-il maintenant découverts.

— Vite, à Lodi, dit-il à Livia qui repartit en trombe.

Il avait dû tout reprendre à zéro. Avec Livia au volant, avec le petit jeune homme et avec Mascaranti, il avait passé au peigne fin tout le Milan de la prostitution. Mais, pour mettre le plus possible de chances de son côté, il avait emporté avec lui, après l'avoir collé sur un carton, l'espèce de portrait-robot du barbeau que le petit jeune homme à la veste de velours vert olive avait rencontré à la pizzeria Billie-Joe, et il l'avait montré à un tas de malheureuses et à leurs bonshommes. Mais on ne lui avait toujours fait qu'une seule et même réponse, monotone, décevante :

— Non, non, non, non.

Pendant des semaines. Puis brusquement, dans un clandé, une fille de Turin, une fille de dix-neuf ans, avait chaussé ses lunettes pour étudier le portrait-robot — format 20 × 30 —, ses énormes seins appuyés tout contre, car elle s'était penchée pour mieux le voir et ne cessait de déplacer ses lunettes pour mieux les ajuster à sa vue.

— On peut pas dire grand-chose de ce truc-là, dit-elle avec un chaud accent piémontais où tous les *e* s'ouvraient largement. Toutefois, cet été, j'ai été à Lodi avec un type comme ça, et qui avait aussi une bouche toute droite — je la revois encore — et des sourcils d'un seul morceau et qui allaient d'un œil à l'autre. C'était un pas-grand-chose, un Sicilien.

Mascaranti, qui était lui aussi sicilien, ne broncha pas.

— Et où ce type t'a-t-il emmenée, à Lodi ? demanda Duca.

— Chez un cousin à lui qui tient un bar-restaurant avec des chambres sur la provinciale. Vous dire si c'était vraiment son cousin, j'en sais rien. Aujourd'hui tout le monde est cousin.

La fille souleva sa lourde poitrine, se redressa et ôta ses lunettes, en souriant d'un air malicieux on ne peut plus turinois.

— Et pourquoi t'avait-il emmenée à Lodi chez son cousin ? demanda Duca.

Aller à Lodi alors qu'il y a tellement de lits à Milan !

— Il m'a dit qu'il devait aller chez ce cousin pour lui parler d'une affaire, répondit la Piémontaise en ouvrant les *e* au maximum. Il m'a aussi dit qu'on en profiterait pour se taper un gueuleton gratis, que son cousin y tâtait question cuisine et que, pour le reste, il se ferait donner la plus belle chambre de la boîte.

On ne pouvait trop faire fond sur d'aussi vagues indices : une fille qui, regardant ce lamentable dessin, pensait qu'il pouvait ressembler à un type qui l'avait emmenée à Lodi, cela faisait des mois, chez un de ses cousins qui tenait un petit hôtel-restaurant sur la provinciale, pour y gueuletonner et y faire des folies.

Mais le petit jeune homme, le cicérone des clandés, était là et il avait dit :

— Oui, ça me revient maintenant, ce type du Billie-Joe m'avait dit qu'il avait un cousin qui tenait un petit hôtel-restaurant à Lodi...

Duca avait bondi et Mascaranti avait dû le retenir.

— Pourquoi ne m'as-tu pas dit ça il y a un mois, petite ordure ?

— Parce que je m'en rappelais pas.

Des ordures, de sales petites ordures, des barbeaux à la manque, sans plus d'honneur que de dignité, de courage ou, même, de mémoire. Duca se dit qu'il aurait gagné un mois de temps si cette petite ordure s'était souvenue, un mois plus tôt, de ce cousin qui tenait un hôtel-restaurant à Lodi, sur la provinciale.

— Roule moins vite, dit-il à Livia.

Mais maintenant la solution était proche. On apercevait déjà les lumières de Lodi, sur un fond de ciel nocturne d'un noir d'encre délavé. Grâce aux minutieuses indications de la pointilleuse Piémontaise, ils repérèrent immédiatement, aux portes de Lodi, l'hôtel-restaurant qui dressait un peu en retrait de la route sa façade qu'illuminaient, à la façon d'un arbre de Noël, de petites ampoules colorées suspendues aux branches de petits arbres squelettiques tout juste plantés.

Livia gara la voiture sous l'auvent du parking et ils descendirent tous les quatre.

— Mascaranti, reste dehors et surveille les issues, dit Duca.

— J'essaierai, dit Mascaranti d'un air entendu, en caressant amoureusement son revolver au travers de son veston.

Si quelqu'un s'était risqué à sortir de ce charmant petit hôtel pour filer à l'anglaise, ç'aurait été sa fête.

Duca, Livia et le petit jeune homme entrèrent. La porte donnait sur le bar, et le bar était désert. On aurait dit que la maison tout entière — qui se dressait si plaisamment dans l'humide et verte plaine de Lodi — était vide, totalement inhabitée, encore que beaucoup de petits lustres et d'appliques y fussent allumés.

À gauche, au-delà d'une large baie cintrée, on apercevait la salle à manger avec ses tables dressées où les verres brillaient mélancoliquement sous un éclairage mélancolique. À droite, une autre baie cintrée donnait accès à ce qui semblait être le bureau de l'hôtel. Là, dans une sorte de niche, un monsieur se tenait assis derrière le comptoir-caisse. Il se leva en les voyant approcher et alla à leur rencontre avec un sourire contraint.

C'était un petit homme, aux cheveux très noirs et pourtant striés de beaucoup de fils d'argent. Il était maigre, avec un nez charnu et large, et portait de grandes lunettes rondes au travers desquelles il les dévisageait avec un regard brillant d'intelligence, mais où se lisaient aussi de la tristesse, une grande lassitude.

— Je désirerais parler au propriétaire de cet établissement. Police !

Et Duca montra sa carte.

— C'est moi, dit le petit homme en le regardant de derrière ses lunettes d'un œil pénétrant et las. Vous voulez peut-être voir le registre et les chambres ? Je n'ai pas un seul locataire pour le moment.

Il parlait correctement et, même, avec une certaine recherche.

— Non, dit Duca. Nous cherchons quelqu'un. On nous a dit que vous aviez un cousin qui ressemblait un peu à ça.

Il se tourna vers Livia.

— Fais voir.

Livia brandit le portrait-robot qu'elle tenait sous le bras et le mit sous les yeux du petit monsieur.

Le visage du petit monsieur se rétracta brusquement, se couvrant d'une infinité de petites rides. Puis, avec un fort accent méridional, mais le plus simplement du monde, il dit cette chose incroyable :

— Bravo ! vous l'avez enfin coincé : je vais pouvoir dormir tranquille maintenant.

Après une seconde d'hésitation, Duca, qui n'en croyait pas ses oreilles, dit en montrant le bar :

— Allons par là.

2

— Qui est-ce ? demanda Duca, en désignant le portrait-robot que Livia avait appuyé contre le dossier d'une chaise.

Ils étaient maintenant assis tous les quatre sur un petit divan du bar, devant une table miniature. Le silence et la solitude étaient absolus. Il ne devait sûrement y avoir personne d'autre que cet homme dans la maison. Duca s'était imaginé qu'il lui aurait fallu beaucoup lutter contre le traditionnel : « Non, je ne sais rien, moi ; je n'ai rien vu ; rien de tout cela n'est vrai », et voilà que les portes de la vérité s'ouvraient toutes grandes devant lui.

— Mon cousin, dit calmement le monsieur aux cheveux noirs striés de fils d'argent.

Du reste, à le mieux regarder, Duca remarqua qu'il ressemblait assez, lui aussi, au portrait-robot collé sur le carton. Il dit à Livia :

— Va dire à Mascaranti de venir nous rejoindre.

Il n'y avait plus de raison pour que Mascaranti continuât de monter la garde.

— Je voudrais boire quelque chose, un peu de vin blanc, dit-il au patron de l'hôtel-restaurant.

— Tout de suite, dit le petit homme en se levant.

Livia revint avec Mascaranti. Durant deux longues minutes, tout le monde — Duca, Livia, Mascaranti, le patron et le barbeau cicérone — but en silence. Puis Duca fit signe à Mascaranti de se préparer à prendre des notes. Ce vin blanc était vraiment excellent et il ne sentait pas du tout le bouchon.

— Comment s'appelle votre cousin ?

— Comme moi, dit le petit monsieur en posant son verre déjà vide, car il avait bu, lui aussi, mais goulûment, le délectable vin blanc.

— C'est-à-dire ?

— Franco Baronia, dit le patron. Il arrive parfois que des cousins aient le même prénom et, malheureusement, en ce qui me concerne, c'est ce qui s'est produit.

Puis il ajouta :

— Toutefois, lui, c'est Franco Baronia, fils de Rodolfo, tandis que moi c'est Franco Baronia, fils de Salvatore.

Il semblait beaucoup tenir à cette distinction.

— Quels étaient vos rapports avec votre cousin ? demanda Duca, cependant que Mascaranti commençait à écrire.

— Des rapports de sujétion, de soumission, répondit sans ambages le petit monsieur.

— C'est-à-dire ?

— C'est-à-dire qu'il faut que je vous raconte toute mon histoire. Je suis monté dans l'Italie du Nord il y a déjà quatorze ans. J'ai d'abord crevé de faim et traîné la misère, puis j'ai commencé à me débrouiller. À Milan, ce ne sont pas les débouchés qui manquent. J'ai réussi à mettre un peu d'argent de côté et puis, il y a cinq ans, je me suis installé ici. Maintenant, bien sûr, avec l'autoroute du Soleil, il y a un peu moins de passage, mais je me défends encore pas mal. Seulement...

Duca ne le pressa pas de poursuivre ; il le laissa réfléchir en silence et, au bout de quelques instants, tête basse, le petit monsieur reprit :

— Seulement, un jour, il m'est tombé du Sud un fameux cadeau sur la tête : mon cousin. Je savais bien que c'était une canaille, un propre à rien, et j'avais toujours évité de le fréquenter. Mais vous savez, pour nous autres Méridionaux, les parents sont toujours les parents. Alors, comme il m'était arrivé mourant de faim, sale, en loques et que, moi, j'étais plutôt à mon aise avec ce petit hôtel-restaurant, je l'ai gardé, je l'ai décrassé et je lui ai donné du travail. Que pouvais-je faire d'autre ? Mettez-vous à ma place : c'était mon cousin, et il s'appelait comme moi. Mais je n'ai eu que des ennuis. Comme garçon, il embêtait les clients et puis il était trop grossier. Il ne voulait pas aider à la cuisine parce qu'il disait que ça lui soulevait le cœur. Il ne voulait pas balayer parce que ça l'humiliait. Il empochait l'argent des additions. Il dévalisait le bar et la cave. Et ce n'aurait encore rien été s'il n'avait amené ici des couples à mon insu pour garder le prix de la chambre pour lui et, naturellement, sans jamais les inscrire sur le registre de police ; de sorte que, si les carabiniers s'en étaient aperçus, ils m'auraient fait fermer boutique. Quand je me suis rendu compte de la chose, je l'ai fichu à la porte. J'en suis encore à me demander comment il n'a pas fait d'histoires. Il est parti, et je ne l'ai pas revu de deux ans. Puis, ça fait aussi deux ans, le voilà qui revient avec deux filles et un copain. J'ai dû les nourrir tous les quatre et leur donner des chambres. Gratis, naturellement. Tout ce que j'ai pu obtenir de lui, c'est qu'il me donne les papiers des filles et de son copain pour que je les inscrive sur le registre. Moi, vous savez, pas de papiers, pas de chambres. Mais, une fois qu'il était sûr d'avoir les repas et les chambres gratis, il me les donnait de bon cœur. Il venait de temps à autre, tout seul avec une fille ou bien avec deux couples, trois couples et même quatre. Ils bâfraient et buvaient à me vider toute la maison et, dans leurs chambres, c'était le bordel. Une fois, je lui ai dit de ne plus revenir s'il ne voulait pas que j'appelle la police, et il m'a répondu que si je l'appelais il « ficherait le feu à la baraque ». Je suis assuré, bien sûr, mais je préfère tout de même que mon hôtel ne flambe pas ; et mon cousin était très capable de mettre ses menaces à exécution. Ça l'aurait amusé. Alors, j'ai bien été obligé d'en passer par où il voulait. Ça m'a coûté des centaines de milliers de lires en repas et en petites foires qu'il venait faire ici avec ses copains et copines, mais mon hôtel ne flambait pas. C'est pour ça que, quand vous m'avez demandé quels étaient mes rapports avec mon cousin, je vous ai répondu : « Des rapports de sujétion, de soumission. »

Il se leva parce qu'un jeune couple venait d'entrer — la fille portant un lumineux manteau de fourrure synthétique en nylon jaune pâle ; et le garçon, une sorte de canadienne également en nylon, du même jaune pâle, avec des revers en poil de chèvre.

— Je regrette, monsieur, c'est fermé. On est en plein déménagement, dit le patron.

— Fermé ?

Le garçon semblait très déçu ; la fille faisait la tête.

— Oui, je regrette beaucoup, monsieur.

Ils s'en allèrent, mais Franco Baronia, fils de Salvatore, ferma la porte à clé derrière eux et, après avoir également fermé une seconde entrée, regagna sa place auprès des autres.

— Vous permettez ?

Il se versa encore un peu de vin.

— On a découvert, à une dizaine de kilomètres de chez vous, dit Duca, le cadavre à demi brûlé d'une fille aux proportions peu communes... pas loin de deux mètres, pas loin de cent kilos. Ils l'ont ensevelie, alors qu'elle n'était pas encore tout à fait morte, sous un grand tas de mauvaises herbes et de détritus qui flambait au bord de la route. Cette fille s'appelait Donatella Berzaghi.

La voix de Duca résonnait avec une sécheresse tout administrative dans le désert de cet hôtel-restaurant perdu dans le désert de la déserte plaine de Lodi.

— D'après notre enquête, il semblerait que vous sachiez quelque chose au sujet de cette triste affaire.

— Oui, oui, je sais quelque chose.

Franco Baronia, fils de Salvatore — pas de Rodolfo —, ajouta même :

— Peut-être tout.

Duca frissonna de la tête aux pieds, comme s'il avait eu la fièvre. Cet interrogatoire n'était vraiment pas comme les autres. D'ordinaire, avant de tirer un aveu, un renseignement à quelqu'un, il fallait le tarabuster pendant des heures. Et voilà, au contraire, que ce petit monsieur avait dit, lui, qu'il savait quelque chose et peut-être même tout. Comme ça, tout de suite, spontanément.

— Voulez-vous vous expliquer mieux, dit Duca.

— Je ne demande que ça. Un soir, mon cousin s'est amené avec deux filles et deux copains. L'une des filles était justement très grande ; elle devait bien faire dans les deux mètres et peser un drôle de poids.

Le petit homme parlait avec la calme résignation d'un cancéreux qui sait qu'il va mourir.

— Mon cousin venait toujours ici avec des femmes de toutes sortes, et il y avait longtemps que j'avais compris quel métier il faisait. Ce n'était pas difficile à comprendre. Quand il venait, la seule chose que je lui demandais, c'était de me donner les papiers de ses filles et de ses copains. Il pouvait maquereauter tant qu'il voulait, je ne pouvais pas l'en empêcher, mais les gens qui viennent ici, dans mon hôtel, doivent obligatoirement avoir des papiers. Et cette fois-là, naturellement, je me les suis fait donner par tout le monde. La grande fille faisait peine à voir ; elle était toute décomposée, elle avait l'air en plein cirage et ils étaient deux à la soutenir. L'autre, c'était une espèce de pute plus toute jeune, et que je connaissais bien parce qu'il l'avait souvent amenée ici. Elle l'aidait à placer ses filles, à leur trouver des clients.

Personne ne sourit. C'était impossible devant le

visage pathétique de cet homme dont l'amertume grandissait à mesure qu'il ouvrait son cœur. Duca dit :

— Si vous leur avez demandé leurs papiers, vous devez sûrement savoir quelles étaient ces personnes venues ce soir-là. Pouvez-vous me dire leurs noms ?

— Tout de suite. Ils figurent sur le petit registre, sur le carnet à souches où nous devons noter le détail des papiers — passeports ou toute autre pièce d'identité — que doivent nous présenter les personnes désireuses de passer la nuit à l'hôtel. Je vais vous montrer ça tout de suite.

Et Franco Baronia se leva pour aller fouiller dans un casier, derrière le comptoir-caisse.

— Je pourrais pas avoir un peu de whisky ? demanda le barbeau-cicérone d'une voix mal assurée. J'aime pas le vin blanc.

— Non, dit Duca.

Voilà qu'il lui fallait aussi du whisky, maintenant !

— Laisse-le en boire, dit Livia. Il n'est pas bien. Regarde-le, il est tout pâle.

— Il n'est pas bien ? Qu'est-ce qu'il a ? demanda Duca.

— Ça fait un mois qu'il t'a sur le dos, dit Livia. Si tu crois que c'est drôle.

Et elle imaginait un chat qui se serait amusé durant un mois, cruellement, avec une souris.

— C'est bon, va te chercher un whisky, dit Duca.

Puis il se tourna vers Livia.

— Je ne m'attendais pas à tant de sollicitude de ta part pour les barbeaux.

Mascaranti toussa, parce qu'il ne pouvait pas rire.

L'honnête petit monsieur revint enfin, après avoir longuement fouillé dans son casier. Et il tendit à Duca un gros carnet où il ne restait que des souches.

— Tenez, regardez. Voici, du n° 29665 au n° 29668

inclus, les noms des quatre personnes qui étaient là le soir en question.

Duca prit le carnet à souches et se mit à lire.

— Écris, dit-il à Mascaranti. « Donatella Berzaghi. »

Il y avait aussi le numéro de sa carte d'identité et tout le reste, mais il n'en avait pas besoin.

— Donatella Berzaghi, répéta Mascaranti en écrivant.

— Franco Baronia, dit Duca, en ajoutant : fils de Rodolfo, afin de distinguer la crapule de l'honnête homme qui se tenait devant lui.

— Franco Baronia, fils de Rodolfo, répéta Mascaranti en écrivant.

— Concetta Giarzone, dit Duca.

— Concetta Giarzone, répéta Mascaranti en écrivant.

— Michel Sarosi.

C'était Gros Michel.

— Michel Sarosi, écrivit Mascaranti.

— Qu'est-ce qui s'est passé, ce soir-là ? demanda Duca.

— Ils sont arrivés à l'improviste, dit le petit monsieur. Mon cousin m'a aussitôt demandé une chambre. J'avais beaucoup de monde, et une fille aussi grande et aussi voyante attirait forcément l'attention. D'autant qu'on voyait bien qu'elle dormait tout debout et, même, qu'elle ne devait pas se sentir très bien. Alors, pour éviter un scandale, je leur ai tout de suite donné une chambre, mais j'ai gardé leurs papiers. Un peu après minuit, le restaurant et le bar ont commencé à se vider, et j'ai bientôt pu fermer avec l'aide du garçon qui me sert aussi de barman. Quand il a été parti, lui aussi, j'ai brusquement entendu des hurlements qui venaient d'en haut. Des cris de femme : « Papa, papa, papa ! »

Duca chercha le secours d'une cigarette en tendant la main vers Mascaranti. Ce dernier la lui donna et le petit barbeau, assis auprès de Duca, la lui alluma. Cela faisait déjà la seconde fois qu'on lui parlait d'une voix de femme qui hurlait : « Papa, papa, papa ! »

— Alors je suis monté en courant, dit le petit homme que ce souvenir bouleversait visiblement. J'ai frappé à la porte de ces salopards — je n'avais pas d'autres locataires — et j'ai de nouveau entendu, et bien plus fort encore, cette voix qui criait désespérément : « Papa, papa, papa ! » Mon cousin est venu m'ouvrir et il m'a dit de m'occuper de mes oignons. Mais j'avais compris de quoi il s'agissait et je lui ai dit que, s'il ne s'en allait pas tout de suite, j'allais appeler la police.

— Et il s'agissait de quoi, selon vous ? demanda Duca.

— C'était bien facile à comprendre : ils avaient corrompu cette pauvre grande fille ; ils l'avaient enlevée de chez elle ; ils la bourraient d'alcool et de drogue et ils la trimbalaient avec eux pour lui trouver des clients. Mais, de temps en temps, elle se souvenait tout de même de sa famille, la pauvre, de son père, et elle piquait des crises et elle criait : « Papa, papa, papa ! »

L'explication se tenait parfaitement.

— Continuez, dit Duca.

— Alors mon cousin m'a dit que, si j'appelais la police, il me casserait la figure et ficherait le feu à l'hôtel. C'était sa menace habituelle. Ça faisait des années qu'il me la faisait, mais, cette fois-là, je ne me suis pas laissé impressionner. Je lui ai dit que je lui donnais cinq minutes pour qu'ils déguerpissent et que, s'ils ne le faisaient pas, j'appelais vraiment la police. Et je suis descendu en courant, je suis allé au téléphone, prêt à former le numéro au risque de me faire assommer. Mon cousin comprit que je parlais sérieusement et descendit immédiatement avec la fille et les deux autres. Ils la soutenaient tous les trois, cette grande fille ; elle ne pouvait presque plus marcher et ils étaient obligés de la traîner. Elle continuait à appeler son père, mais elle n'avait presque plus de voix. Ils l'ont chargée dans leur voiture, et ils sont partis.

Franco Baronia, qui parlait d'ordinaire en baissant la tête, la releva.

— Deux jours plus tard, j'ai lu sur le journal qu'une femme, dont on disait que c'était une « géante », avait été retrouvée morte et brûlée sous un tas d'herbes et de détritus, à une quinzaine de kilomètres d'ici. Il ne pouvait s'agir que de la grande fille qu'ils m'avaient amenée ; et ceux qui l'avaient cachée sous ce tas d'herbes flambant, alors qu'elle vivait peut-être encore, ne pouvaient être que ceux qui étaient avec elle.

— Pourquoi n'avez-vous pas averti la police si vous aviez deviné tout ça ? demanda Duca.

Le petit monsieur le regarda droit dans les yeux.

— Parce que je ne suis pas plus honnête que mon cousin, encore que ce ne soit pas tout à fait la même chose, dit-il. Je ne maquereaute pas comme mon cousin, moi ; je ne tue pas les gens, mais je cherche à avoir le moins d'ennuis possible. J'ai une femme et quatre gosses à Catane, et cet hôtel-restaurant m'a coûté des années d'efforts et de privations. Si j'avais raconté cette histoire à la police, tout s'écroulait d'un coup. Alors, lâchement, je me suis dit qu'il valait mieux me taire. Si la police retrouvait ma trace, je me serais fait une raison, mais j'aurais préféré qu'elle ne la retrouve pas. C'est un raisonnement dont je n'ai pas lieu d'être fier. Mais, que voulez-vous ? je suis le cousin de mon cousin, et bon sang ne peut mentir.

Duca se leva. Il alla derrière le comptoir du bar et fit, du regard, le tour de l'étagère aux bouteilles. Puis il prit une bouteille d'amer, versa un peu de son contenu dans un verre et, dans le silence glacé de la petite salle, y ajouta de l'eau de Seltz et but. Après quoi, sans bouger de derrière le comptoir, il dit à Franco Baronia :

— Nous devons retrouver les assassins de cette pauvre fille au plus tôt. Vous allez peut-être nous y aider. Savez-vous où ils se trouvent ? Où on peut les coincer ?

— Oui, je le sais, dit le petit monsieur, honnête autant qu'inexorable. Mon cousin habite à Milan chez sa maîtresse, Concettina...

— Concetta Giarzone, précisa Mascaranti en consultant son bloc-notes.

— Oui, Concetta Giarzone, 86, via Ferrante Aporti, dit Franco Baronia.

De derrière le comptoir et après une nouvelle gorgée d'amer, Duca demanda :

— Comment se fait-il que vous connaissiez par cœur, et aussi bien, l'adresse de cette femme ?

Le petit monsieur répondit aussitôt :

— Parce que mon cousin, ses copains et ses copines adorent le fromage de Lodi. Vous devez connaître ça ?

Duca acquiesça d'un signe de tête : c'était un fromage dur comme de la pierre.

— Et ils ne se contentaient pas d'en dévorer des demi-kilos quand ils venaient ici ; non, mon cousin voulait aussi que je lui en envoie à Milan, chez sa maîtresse. Et il fallait que je lui en expédie un peu, de temps en temps, ou c'étaient des histoires à n'en plus finir. La destinataire du fromage, c'était toujours : « Concetta Giarzone, 86, via Ferrante Aporti, Milan. » Et si je connais cette adresse par cœur, c'est que, chaque fois que j'expédiais ce fromage, je piquais des colères terribles que je ne suis pas près d'oublier.

— Connaissez-vous aussi les adresses des autres ? Savez-vous où nous pouvons leur mettre la main dessus ? demanda Duca en sortant de derrière le comptoir.

— Ah ça ! les adresses, je ne pourrais pas vous dire,

mais vous les trouverez sûrement chez Concettina, dit le petit monsieur. C'est une sorte de plaque tournante du vice parce que, voyez-vous, ces gens-là parlent à tort et à travers et, quand ils venaient ici, je les ai entendus raconter tout ce qu'ils faisaient ou qu'ils avaient l'intention de faire. Aujourd'hui, ces gens-là n'ont plus aucune pudeur. Ils n'ont peur de rien, et ils racontent à haute voix, dans le métro[1] ou au restaurant, qu'ils vont aller égorger leur vieille mère le lendemain matin. Je passais trois secondes devant leur table, et je savais ce qu'ils étaient en train de combiner. Il y avait toujours des noms de filles dans leur conversation, et ils parlaient aussi des « tournées » qu'ils faisaient faire à ces malheureuses. Allez donc 86, via Ferrante Aporti, chez cette Concettina. Vous y trouverez mon cousin qui a pris racine chez elle, et puis cet autre aussi, Michel Sarosi, qui est garçon de café et qui travaille à Milan dans un bar de l'avenue de Tunisie. Concettina, il les lui faut tous les deux.

— Merci, dit Duca.

Un des interrogatoires les plus faciles de toute l'histoire des interrogatoires. Celui qu'on interrogeait disait tout, et même un peu plus.

— Comment se fait-il que vous soyez seul, sans cuisinier, sans garçon ? C'est jour de repos ?

— Non, le personnel hôtelier est en grève, dit le petit homme.

— Je suis au regret, monsieur Baronia, mais il va vous falloir venir avec nous.

— Je m'en doutais.

Le petit homme se leva.

— Je suis prêt. J'éteins la lumière et je baisse le rideau de fer.

---

1. Il existe à Milan un métro fort fréquenté, bien que son parcours ne soit pas encore très étendu. (*N. d. T.*)

Une dignité rare, et vraiment exemplaire.

Ils attendirent qu'il ait fermé son petit hôtel, puis ils le firent monter dans la voiture et s'installer sur le siège arrière avec le petit barbeau et Mascaranti. Cela fait, ils reprirent le chemin de Milan.

C'était un samedi de novembre, un soir humide, mais sans brouillard.

CHAPITRE VI

Malheur à ceux qui s'attaquent à un homme tranquille.

1

Ce même samedi, un peu après dix heures du matin, Amanzio Berzaghi appuyait sur le bouton de sonnette blanc sale d'une porte dépourvue de plaque, au septième étage du 86 de la via Ferrante Aporti. Il entendit distinctement le bruit de la sonnette. Il venait causer avec Mlle Concetta Giarzone.

Il attendit, mais il ne se passa rien. Il appuya de nouveau sur le bouton. Il attendit patiemment. Rien. Il recommença de sonner et, cependant qu'il sonnait, la porte s'ouvrit. Une femme, le visage bouffi de sommeil, tenta sans y parvenir de le regarder au travers de ses paupières encore à demi closes. Elle le fit tout de même entrer. Elle était petite, plaisante, mais précocement vieillie. Son visage menu qui était d'une enfant, quoique pourtant déjà fait, évoquait ces maisons en démolition et qu'on étaie provisoirement. Il en allait de même pour son corps, dont une transparente robe de chambre, qui semblait ignorer les droits de l'imagination, laissait plus que deviner l'affligeante flaccidité des seins et l'adiposité croulante des chairs.

— Excusez-moi, madame, dit Amanzio Berzaghi, sans même un coup d'œil pour ces peu affriolants appas.

Il la reconnaissait parfaitement, c'était bien la

Concettina qui venait au bar où il prenait ses petits marcs.

— Excusez-moi, madame, je ne voulais pas vous déranger...

Émergeant du lourd sommeil qu'elle devait au somnifère, elle parvint enfin à ouvrir vraiment les yeux et à le regarder. Elle s'était couchée à cinq heures du matin comme d'habitude, car elle tenait le vestiaire dans une boîte de nuit, à deux pas du cours de Buenos Aires. Elle le regardait, mais elle ne le voyait point encore, pas plus qu'elle ne se rendait compte qu'elle était plus que nue et pas tellement ragoûtante dans sa transparente robe de chambre. Elle ne se rendait pas davantage compte qu'elle ne cessait de répéter machinalement :

— Oui, oui, oui.

Mais, brusquement, elle le reconnut : c'était le père de Donatella, elle en était sûre. Son cerveau, qu'obscurcissait encore le somnifère, la fit se comporter d'instinct d'une façon parfaitement déraisonnable.

— Ce n'est pas moi ! Je n'ai rien fait ! cria-t-elle en se mettant à tourner sur elle-même dans l'étroit couloir, son vaste et flasque postérieur tressautant ridiculement sous l'impitoyable transparence de sa robe de chambre.

Bien que boitant, Amanzio Berzaghi lui tomba dessus avant que ses cris puissent alerter quelqu'un. Il l'empoigna de la main droite par les cheveux, tandis que, de la gauche, il lui fermait la bouche. Il n'avait point été nécessaire de l'interroger longuement. La hyène s'était trahie d'elle-même.

— Pourquoi dis-tu que ce n'est pas toi ? demanda Amanzio Berzaghi. Pourquoi dis-tu que tu n'as rien fait ?

La femme — elle devait avoir quarante ans bien sonnés, quarante ans dont plus d'une bonne moitié avait dû être fort orageuse —, la femme, respirant avec effort sous la lourde main velue qui lui fermait la bouche, regarda le visage broussailleux du vieil homme. Avec des yeux où se lisaient l'épouvante et la rage. C'était une hyène qui n'aimait pas être prise au piège ; c'était aussi une vieille pute qui savait où frapper les hommes. Et, de toutes ses forces, elle assena un brusque coup de genou dans le bas-ventre de l'homme qui la tenait étroitement serrée contre lui.

Amanzio Berzaghi ne cria même pas, ou si peu. Il exhala seulement un rauque et profond soupir et s'écroula mollement sur le sol, en tentant de se raccrocher à la femme, à sa robe de chambre, laquelle se déchira, avec un bruit de beurre qui frit, et dont il lui resta un long morceau dans la main. Mais quoiqu'il souffrît affreusement du coup qu'il venait de recevoir, il empoigna de sa puissante main velue l'une des jambes de la femme, et celle-ci ne risquait certes pas de lui échapper.

Mais il y avait là, tout près, un butoir mobile et qui servait à maintenir les portes ouvertes. Décoré de petites fleurs en métal doré, il avait la forme d'un ballon, était en plastique et, presque aussi gros qu'un ballon de football, pesait au moins trois kilos. Une poignée permettait de le soulever et de le transporter d'une porte à l'autre. La femme se baissa d'un bond, empoigna le lourd ballon et en frappa violemment Amanzio Berzaghi en plein visage. Il lâcha aussitôt la jambe qu'il tenait, cependant qu'un flot de sang s'échappait de son œil gauche.

Concetta Giarzone, complètement réveillée maintenant, regarda un instant le vieil homme étendu à ses pieds, le visage couvert de sang, puis se précipita dans sa chambre. Le téléphone était sur sa table de chevet. Elle décrocha le combiné et forma un numéro.

— Il n'est pas là, répondit une voix.

Elle forma un autre numéro.

— Il n'est pas là.

Un autre numéro, toujours la même réponse. Un quatrième numéro.

— Oui, il est là, répondit une voix.

On entendait, en bruit de fond, la chanson d'un juke-box.

— Ne quittez pas, je vais vous l'appeler.

— Franco, Franco, le père de Donatella est venu ici. Quelqu'un a dû l'affranchir. Je l'ai assommé, mais j'ai la frousse et je ne sais plus ce que je dois faire...

À l'autre bout du fil, la voix mâle de Franco Baronia, fils de Rodolfo, répondit, sans l'ombre d'une hésitation :

— Bouge pas, et n'hésite pas à l'estourbir définitivement s'il te casse les pieds. J'arrive tout de suite.

Concetta ôta sa robe de chambre déchirée, s'habilla rapidement, ouvrit la porte de sa chambre et se trouva nez à nez avec le père de Donatella qui, s'étant relevé, se tenait maintenant debout, la joue gauche souillée du sang qui coulait encore un peu de son œil gauche.

Elle n'eut pas le temps d'avoir peur et, moins encore, celui de hurler que, déjà, la lourde main velue d'Amanzio Berzaghi s'abattait sur elle. C'était la main d'un homme qui, bien que vieux, avait tenu l'énorme volant du Milan-Brême, et ce coup de massue l'envoya dinguer d'un bon mètre contre le mur où elle manqua s'écraser avec un hurlement étouffé, cependant que le sang lui coulait du nez et qu'elle s'écroulait, évanouie, sur le sol.

Amanzio Berzaghi se baissa, non sans difficulté, et, l'empoignant par sa natte — car cette vieille pute nattait ses cheveux comme une gamine de douze ans —, la traîna jusqu'à la salle de bains, laissant derrière lui des traces où se mêlaient le sang qui dégouttait encore de son œil gauche et celui qui coulait à flots du nez écrasé de Concetta. Puis, en peinant beaucoup, mais avec une détermination farouche, il la fit basculer dans la baignoire et ouvrit tout grand le robinet d'eau froide pour la faire revenir à elle.

Une main entre les jambes afin d'atténuer un peu l'atroce douleur qui le suppliciait, il resta debout à la regarder, en attendant qu'elle reprenne ses sens. Elle était là, dans l'eau qui montait et se colorait délicatement de rose au contact du sang qui lui coulait du nez, là, dans la baignoire, avec son manteau, son sac, ses petites bottes et sa natte de gamine de douze ans qui flottait doucement sur l'eau teintée de sang. Sa main gauche entre les jambes, Amanzio Berzaghi secoua la femme de la main droite comme pour la rincer dans l'eau de la baignoire. Elle eut un brusque frisson et ouvrit les yeux.

— J'ai froid, dit-elle.

L'eau coulait toujours et la baignoire n'était encore qu'à moitié pleine. Amanzio Berzaghi s'agenouilla devant la baignoire pour que son visage sanglant et son œil crevé fussent le plus près possible du visage sanglant de Concetta et de son nez écrasé.

— Pourquoi l'avez-vous tuée, ordures ?

Il la secoua et la « rinça » de nouveau dans la baignoire.

— J'ai froid, répéta-t-elle, sans pourtant lâcher son sac qu'elle serrait énergiquement dans sa main.

Elle frissonnait et vomissait à cause de toute l'eau qu'elle avalait chaque fois qu'elle glissait malgré elle au fond de la baignoire.

La clouant à la baignoire de son énorme main de conducteur de poids lourds, Amanzio Berzaghi la regardait, non point tant avec colère qu'avec égarement, de son seul œil droit, le seul qui y voyait encore.

— Vous me l'avez enlevée, d'accord ; vous me l'avez mise dans vos bordels, d'accord ; mais pourquoi me l'avez-vous tuée, bande d'ordures ? Quel mal vous faisait-elle ? Je ne demandais rien d'autre que la savoir vivante. Dis-moi pourquoi vous l'avez tuée, sinon je te noie dans cette baignoire.

Et il lui enfonça la tête sous l'eau qui continuait de couler du robinet grand ouvert.

Elle se débattit frénétiquement. Alors il lui souleva la tête hors de l'eau.

— Je suis glacée.

Elle frissonnait convulsivement.

— Je suis glacée, je t'en supplie, sors-moi de l'eau.

— Je te sortirai de l'eau si tu me dis pourquoi vous l'avez tuée.

— Parce qu'elle nous cassait les pieds, balbutia-t-elle, toute secouée de frissons.

— Comment ça, elle vous cassait les pieds ? hurla Amanzio Berzaghi.

Et il rejeta violemment la femme dans l'eau bouillonnante de la baignoire, avec son manteau, ses petites bottes gorge-de-pigeon façon chamois, et son sac qu'elle serrait presque religieusement dans sa main ainsi que le font toutes les vieilles putes.

— Ah ! oui, elle vous cassait les pieds ! Parle ou crève !

Elle parla.

2

Oui, elle leur cassait les pieds.

Donatella Berzaghi était très docile. Elle disait toujours oui, surtout aux hommes. Au début, Concetta, son amant en titre Franco Baronia — fils de Rodolfo, ne pas confondre — et Michel Sarosi, dit Gros Michel, son amant de renfort, en avaient tiré des monceaux d'or. L'exploitation de Donatella rendait au moins autant que celle d'un puits de pétrole. Et cela parce que la jeune géante avait quelque chose que les professionnelles n'avaient pas : elle aimait ça.

Son père, Amanzio Berzaghi, pensa qu'il valait mieux ne point approfondir la cruauté morale qu'il y avait eu à livrer une débile mentale à la prostitution, non plus que celle des « clients » qui avaient profité de cet état de choses.

— Parle ou je te noie ! hurla-t-il en enfonçant d'un coup, de nouveau, la tête de Concetta sous l'eau.

Elle parla. Elle n'en pouvait plus. L'eau, maintenant glaciale, débordait de la baignoire et se répandait sur le sol, mais Amanzio Berzaghi ne s'en apercevait même pas.

Oui, elle leur cassait les pieds. Elle les leur cassait parce que, de temps en temps, elle avait des crises terribles. Pourtant Donatella aimait les hommes, insatiablement. Ils l'avaient traînée, de clandé en clandé, d'un bout de l'Italie à l'autre. Dès qu'un homme entrait dans la chambre où ses « managers » l'avaient installée, la lascivité, la mollesse de son visage et de ses attitudes disaient assez combien elle avait envie de faire l'amour ; et cela justifiait amplement que ses tarifs fussent les plus élevés non seulement de la place de Milan mais aussi de l'Italie tout entière. Exploiter un être humain de la sorte était proprement ignoble, mais ils n'avaient pas craint de le faire.

Donatella avait cependant un défaut : il arrivait, malgré sa robuste constitution — peut-être bien à cause des abus sexuels auxquels elle était soumise —, que ses nerfs cédassent et que, sous l'effet du choc émotionnel, elle se mette hystériquement à hurler : « Papa, papa, papa ! » sans plus pouvoir s'arrêter. Sans doute, dans une sorte de demi-délire, revoyait-elle alors son père, Amanzio Berzaghi, la surveillant à chaque minute, lui achetant de temps en temps une poupée, et sentait-elle, bien qu'elle n'eût que l'âge mental d'une gamine de dix ans, combien il lui manquait, tant matériellement que moralement.

Au début, ces crises où elle se débattait et appelait son père étaient rares. Puis elles devinrent plus fréquentes. Bientôt elles se produisirent même quand elle se trouvait avec quelque admirateur qui avait payé à prix d'or le plaisir de sa compagnie et qui s'enfuyait épouvanté, dès qu'elle se mettait à crier de sa voix rauque : « Papa, papa, papa ! »

Ils tentèrent de la calmer et de prévenir ses crises avec des somnifères, afin d'éviter qu'elle ne se mette à réclamer son père, ils la bourrèrent de comprimés, mais ils durent bien vite y renoncer. Les somnifères et les sédatifs annihilaient ce qui faisait de Donatella une véritable mine d'or : ils lui ôtaient l'envie de faire l'amour.

Alors ses exploiteurs — on se doit de retenir leurs noms : Franco Baronia, fils de Rodolfo, Michel Sarosi dit Gros Michel et Concetta Giarzone — pensèrent qu'il valait mieux avoir recours à la contrainte. Car ils n'avaient rien à gagner, bien au contraire, si elle continuait d'accueillir les clients avec cette véhémence qui semblait malheureusement lui être devenue naturelle, et en appelant son père à cor et à cri de sa voix tout ensemble rauque et enfantine.

Ils commencèrent donc à la frapper à chacune de ces crises, la menaçant de la battre bien davantage encore si elle ne voulait pas être gentille. Mais, malgré son infantilisme, Donatella revoyait sa maison de Milan, avenue de Tunisie, sa chambre pleine de poupées, le lustre d'où pendaient Bambi, Pluto, Donald, Mickey, Dumbo ; elle revoyait son père l'aidant à s'habiller, le visage broussailleux de son père, ses mains, aussi, qui lui caressaient la figure. Et elle souffrait affreusement, physiquement même, de son absence. C'était aussi pour cela qu'elle avait ces crises — les menaces n'y pouvaient rien —, lesquelles crises devenaient de plus en plus fréquentes, malgré les coups, malgré les sédatifs qui la plongeaient dans une sorte d'hébétude. C'était aussi pour cela qu'elle criait, de temps en temps : « Papa, papa, papa ! » de sa voix rauque, dans les divers appartements où ils la transbahutaient. Toutes choses qui créaient de la pagaille, augmentaient les risques et dépréciaient la « marchandise ». De mine d'or qu'elle était pour eux à l'origine, Donatella Berzaghi était devenue un boulet, et fort dangereux, qu'il leur fallait traîner. Un jour ou l'autre, ses cris, ses « Papa, papa, papa ! » pouvaient bel et bien attirer l'attention de la police. Dans les derniers temps, les crises se répétaient quotidiennement, et Concetta, Franco et Gros Michel en venaient à bout, tant bien que mal, à grand renfort de coups et de somnifères. Mais la « marchandise » était désormais extrêmement difficile à placer, parce que trop dangereuse. Dans quelque clandé qu'ils la placent, Donatella ne leur attirait que des ennuis ; et puis elle n'avait plus cette grande fringale érotique qui la faisait se jeter sur n'importe quel homme et qui justifiait, au début, la cote fabuleuse qui était la sienne à la Bourse du vice.

Un soir, écœuré, découragé, le trio avait pris la route de Lodi avec la jeune géante, à demi inconsciente, bourrée de somnifère, pour éviter qu'elle ne se mette de nouveau à hurler « Papa, papa, papa ! ». Et Franco Baronia — fils de Rodolfo —, Franco le *magnaccia*, s'était présenté chez son cousin Franco Baronia, fils de Salvatore, en exigeant de lui le vivre et le couvert pour tout son monde.

L'honnête petit monsieur avait dû s'exécuter. Ils

étaient trois contre lui : cette crapule de cousin, cette crapule de Gros Michel et Concetta, une des plus belles et des plus fameuses salopes qu'il ait jamais rencontrées.

Mais, dès que l'effet du somnifère se fut un peu dissipé, Donatella Berzaghi recommença de réclamer son père d'une voix de plus en plus forte, quoique encore pâteuse. Aussi forte que l'était sa pathétique, son irrépressible envie de revoir son père ; plus forte que tout, plus même que cette boulimie érotique qui la faisait se jeter sur les hommes. Tant et si bien que l'honnête Franco Baronia, fils de Salvatore, avait fini par les ficher dehors, elle et les trois ordures qui l'accompagnaient.

Et cet ignoble trio s'en était allé avec sa géante qui continuait à réclamer son père et à se débattre, affolée de ne point le voir accourir aussitôt, comme elle le désirait si vivement depuis des mois et des mois, pour le sentir la serrer dans ses bras et lui caresser le cou de ses larges mains, comme il le faisait toujours, en lui disant doucement : « Ma petite fille, ma petite fille... » Ces caresses, cette voix lui manquaient terriblement, et elle en avait profondément conscience à chacune de ses crises.

Dans la voiture qui les ramenait à Milan, ils décidèrent de se débarrasser au plus vite de ce dangereux boulet qu'était Donatella. S'ils avaient été intelligents, ils se seraient bornés à abandonner au bord de la route, près de quelque village, cette malheureuse fille qui avait eu la malchance de tomber entre leurs mains. Quelqu'un l'aurait sûrement entendue pleurer, appeler son père et l'aurait remise aux carabiniers. À la suite de quoi, après enquête et après avoir interrogé Donatella, on aurait probablement retrouvé les trois ordures, mais on n'aurait pu les accuser que de rapt et de proxénétisme. Seulement, ces trois gros malins, pour ne pas courir le risque de se faire pincer, avaient décidé de supprimer la jeune géante.

Et cela parce que les criminels ne sont jamais intelligents. La délinquance est une sorte de sordide et dangereuse idiotie. Il n'est personne, doué d'un minimum d'intelligence, qui soit voleur à la tire, cambrioleur ou assassin. Donc, ces trois idiots avaient décidé de supprimer Donatella parce qu'ils ne pouvaient plus rien en tirer. Cela étant, on aurait tout de même fini par leur mettre la main dessus, mais, cette fois, en plus de rapt et de proxénétisme, on les aurait également accusés de meurtre avec préméditation. Des malins, oui !

Gros Michel, le garçon du bar de l'avenue de Tunisie, suggéra de l'enterrer dans un des champs qui bordaient la route, mais Franco Baronia, fils de Rodolfo, dit :

— Avec quoi va-t-on creuser ? Avec nos mains ?...

Creuser un trou pour cette géante, sans aucun outil convenable, lui paraissait une entreprise au-dessus de ses forces.

La voiture roulait doucement vers Milan, refaisant en sens inverse le chemin parcouru quelques heures plus tôt. La route, où ne passaient que quelques rares véhicules, était à peu près déserte. De loin en loin, sur ses bords, de la fumée et des flammèches montaient de gros tas de mauvaises herbes et de détritus auxquels les paysans avaient mis le feu pour nettoyer leurs champs. Et le vent dispersait cette fumée et ces flammèches dans la nuit d'octobre extraordinairement douce de cette douce plaine milanaise, cependant que la géante continuait à se débattre et à appeler son père d'un ton si déchirant que les trois autres en avaient les nerfs ébranlés.

— Attends, arrête-toi là, avait alors dit Concetta Giarzone, la plus grosse et la plus infecte pute de la plaine du Pô. On va la fourrer sous ce tas d'herbe flambante et, quand elle aura passé toute la nuit dans ce brasier, personne, demain matin, ne pourra plus la reconnaître ni même savoir s'il s'agit d'une femme ou d'un cheval.

Et ils firent comme elle avait dit. Ils tirèrent Donatella hors de la voiture, l'allongèrent sur le bord de la route, puis Gros Michel, ramassant une énorme pierre, se mit à l'en frapper violemment à la tête jusqu'à ce qu'elle cessât d'appeler son père et de remuer. Puis, en soulevant une pluie de flammèches, ils la glissèrent tous trois, encore vivante, sous le tas d'herbes et de détritus qui continuait de flamber. Le contact du feu lui arracha un sursaut, mais Franco Baronia eut tôt fait de la faire se tenir tranquille avec quelques coups de pierre supplémentaires. Ils ajoutèrent encore au foyer des feuilles mortes, des brindilles et des détritus divers afin de la recouvrir entièrement. Ce qui fut fait. De telle sorte qu'au matin, après quelques heures de combustion, personne n'aurait plus été capable de dire non pas qui c'était, mais ce que c'était. Seulement, comme Donatella Berzaghi était encore vivante, en se sentant brûler aussi atrocement, elle avait instinctivement allongé le bras, en un ultime geste d'autodéfense, si bien que sa main, sa longue main aux ongles laqués, était sortie de dessous les braises fumantes et qu'elle n'avait pas brûlé. Puis, heureusement pour elle, Donatella était morte.

3

Agenouillé devant la baignoire, Amanzio Berzaghi maintenait la tête de Concetta hors de l'eau qui continuait à couler avec violence du robinet grand ouvert. Le poing refermé sur la natte de gamine de douze ans de Concetta, il laissait parler cette dernière et apprenait de la sorte que le véritable assassin de sa fille n'était autre que cette femme frissonnante, allongée avec son manteau, ses petites bottes et son sac dans la baignoire dont l'eau débordait toujours, inondant maintenant non seulement le sol de la salle de bains, mais aussi celui de l'appartement tout entier. C'était elle, oui, qui avait suggéré de la faire brûler, comme ça, encore vivante.

— Continue, dit-il en la tenant toujours par sa natte.

Elle frissonna et vomit un peu de cette eau qui devenait de plus en plus glacée.

— Alors on est rentrés à Milan, on est revenus à la maison, dit-elle.

Au même instant, la sonnette retentit.

— C'est ton amant, pas vrai ? demanda calmement Amanzio Berzaghi en se levant avec effort. Je t'ai parfaitement entendue lui téléphoner, même si j'étais par terre.

Il lâcha sa natte et la laissa retomber dans la baignoire, le visage sous l'eau. Elle ne se débattit guère, elle n'en avait plus la force. Elle se noya bel et bien, mais en douceur, dans son élégant manteau qui pastichait les années 30, avec son sac que l'eau gonflait de plus en plus, tandis que de petites bulles de sang roses lui sortaient par la bouche et le nez. Amanzio Berzaghi alla ouvrir en boitant.

En fait, il voulait faire la chose la plus simple du monde : ouvrir la porte. Il savait, pour avoir entendu le coup de téléphone, que derrière cette porte se trouvait Franco Baronia, fils de Rodolfo, autrement dit celui qui avait fait brûler vive sa fille sous le tas de mauvaises herbes et de détritus. Il désirait seulement lui ouvrir la porte. Et c'est ce qu'il fit.

En le voyant, en voyant surtout le monstrueux masque sanglant qu'était, sous son épais casque de cheveux gris, le visage d'Amanzio Berzaghi, le tout petit et très vulgaire garçon qui se tenait de l'autre côté de la porte demeura frappé de stupeur. D'une stupeur qui le glaça tout entier et qui dépassait de beaucoup non seulement la peur, mais aussi l'épouvante. Tant il est vrai que le courage n'est pas l'apanage de cette jeunesse-là. Il n'avait même pas la force de fuir. Amanzio Berzaghi, l'empoignant par ses longs cheveux, le tira à l'intérieur et referma la porte d'un coup de pied. Bien qu'il ne fût qu'un vieil homme au genou démantibulé et qu'il souffrît encore atrocement du coup reçu dans le bas-ventre ainsi que de son œil qu'avait crevé le butoir mobile, il était cependant toujours le vigoureux conducteur du Milan-Brême, du Milan-Moscou, du Milan-Madrid, et il asséna le plus violent coup de poing qu'il eût jamais donné de sa vie en plein dans le visage de l'assassin de sa fille. Et ledit visage s'écrasa sous ce poing et continua de s'écraser encore sous les autres coups de poing qu'Amanzio Berzaghi continua de lui donner jusqu'à ce que le garçon finisse par s'écrouler, la face contre terre et baignant dans la mare de son propre sang.

Il y avait une chaise dans la petite entrée, et Amanzio Berzaghi s'assit, haletant, et regarda cette chose étendue à ses pieds sur le sol. Ses coups de poing n'étaient pas des coups de poing de western ; c'étaient de vrais, de durs coups de poing, et qui laissent à jamais des traces.

Il y avait aussi une glace dans l'entrée, juste devant lui, et c'est ainsi qu'il vit son visage. Le sang devenu noir formait maintenant des caillots et son œil gauche avait éclaté comme une orange écrasée. Et il y avait encore le butoir mobile dans cette entrée ; ce même butoir que Concetta lui avait lancé en plein visage, l'atteignant à l'œil gauche. Et il était là, tout près de ses pieds. Il l'empoigna, sans se lever, par sa belle poignée de cuivre décoré, en regardant le garçon étendu sur le sol, ses longs cheveux brun-noir, la tache de sang où baignait son visage. Il attendait qu'il revienne à lui, en écoutant le bruit de cascade de l'eau qui continuait de couler dans la baignoire, sans même se rendre compte qu'elle envahissait maintenant l'entrée. Ce bruit d'eau lui rappelait cette année où, avec sa pauvre chère belle-sœur, il avait emmené Donatella à la montagne, à Fondo Toce, dans cette auberge proche de la cascade. Ç'avait peut-être été là les jours les plus heureux de sa pauvre vie de père infortuné. Donatella était si ravie de voir la cascade écumante et bruyante qu'il fallait la retenir pour l'empêcher de trop s'approcher du bord du torrent. Bientôt, pourtant, il leur avait fallu regagner Milan en toute hâte, et toujours pour la même raison : les gens, en découvrant cette jeune géante, se mettaient aussitôt à tourner autour d'elle avec une inconscience cruelle et déplacée, comme autour d'une bête curieuse. Mais ces quelques jours avaient cependant été des jours heureux, qu'accompagnait en contrepoint le bruit de la cascade proche. Et le bruit de l'eau qui s'écoulait, lui rappelant ces jours où sa fille avait été, elle aussi, tellement heureuse, lui faisait affreusement mal en lui rappelant du même coup que Donatella était morte et que c'était cet ignoble garçon étendu à ses pieds qui l'avait fait brûler vive.

Franco Baronia, fils de Rodolfo, reprenait ses esprits et commençait à bouger. Il releva la tête — son visage sanglant et horriblement tuméfié faisait peine à voir — et regarda le vieil homme.

Amanzio Berzaghi, tenant le lourd butoir par son artistique poignée de cuivre, lui dit, en le brandissant :

— Ne bouge pas ou je t'achève avec ça.

C'était net ; et le garçon comprit que, s'il tentait quoi que ce soit, cet homme au visage broussailleux et tout couvert de sang, cet homme aux cheveux gris n'aurait point hésité à lui fendre le crâne à coups de butoir, et sans plus de remords que s'il s'était agi de casser un œuf.

— Dis-moi comment vous avez fait pour m'enlever ma gamine, dit Amanzio Berzaghi en balançant le butoir au-dessus du visage du garçon. Je sais déjà comment vous l'avez tuée ; maintenant, ce que je veux savoir, c'est comment vous vous y êtes pris pour me l'enlever.

Sa mâchoire à demi fracturée lui faisait mal, mais il n'en esquissa pas moins un douloureux sourire : il était curieux ; il voulait tout savoir.

Le garçon étendu sur le sol, et qui baignait tout ensemble dans son sang et dans l'eau venant de la salle de bains, le garçon leva les yeux et vit que le butoir, ce lourd et gros ballon, continuait de se balancer au-dessus de sa tête. Il lui fallait absolument parler ; et la vue de ce gros et lourd ballon contribua grandement à lui éclaircir les idées, de même qu'elle l'obligeait à ne point chercher à ruser, à être vraiment sincère, ce qui ne lui était encore arrivé que bien rarement.

— Dis-moi comment vous avez fait pour m'enlever

ma gamine. Je sais déjà comment vous l'avez tuée ; maintenant, ce que je veux savoir, c'est comment vous vous y êtes pris pour me l'enlever.

Voilà ce qu'Amanzio Berzaghi lui demandait ; et il lui répondit aussi clairement, aussi sincèrement que possible, tandis que le gros et lourd ballon continuait de se balancer au-dessus de sa tête.

4

Amanzio Berzaghi allait au bar qui se trouvait en face de chez lui pour y boire son petit marc, et c'était Gros Michel qui le lui servait, Gros Michel le garçon de comptoir, un beau gars, sympathique à tous les clients, lesquels parlaient volontiers avec lui, non seulement du *Totocalcio*[1], mais aussi de leurs affaires personnelles, de leurs femmes qu'ils trompaient et même, mais c'était plus rare, de leurs femmes qui les trompaient. Ils parlaient aussi de leurs enfants — des propres à rien — ou de leurs petites amies qui étaient idiotes. Ils parlaient de la politique, ou du brouillard, ou des accidents de la route. Quand on va presque chaque jour au même bar et qu'on y voit presque chaque jour le même garçon de comptoir, il est bien naturel qu'on se laisse aller à parler et qu'on raconte un peu ses petites affaires.

Amanzio Berzaghi, lui, ne parlait ni de football ni de femmes. Il parlait de sa « gamine ». Jour après jour, petit marc après petit marc, une confidence en entraî-

1. Voir note 1, page 145. (*N. d. T.*)

nant une autre, il avait raconté en détail toute sa triste histoire à Gros Michel. Il lui avait tout dit : comment il tenait les fenêtres fermées au verrou ; comment il téléphonait, du bureau, deux fois par jour à sa fille ; comment aussi il faisait un saut chez lui, deux fois par jour, pour voir ce qu'elle faisait. Quand un Milanais vous accorde sa confiance, il vous l'accorde tout entière, et Amanzio Berzaghi racontait tout à Gros Michel comme à un fils, comme s'il avait été le frère de Donatella.

Mais Gros Michel n'était pas ce qu'il avait l'air d'être : c'était un *talent-scout* de la prostitution. Il cherchait des filles qui se puissent « mettre en piste » et il avait des amis qui les lui plaçaient. Au début, il n'avait écouté qu'avec ennui les discours de ce vieux Lombard qui avait une fille demeurée. Qu'est-ce que ça pouvait bien lui faire, à lui ? Mais le vieil homme au visage broussailleux, aux mains velues, petit marc après petit marc, ne cessait de répéter que sa « gamine » était belle, très belle même, qu'elle n'était ni grasse ni grosse, mais parfaitement proportionnée et que le fait qu'elle mesurât près de deux mètres ajoutait encore à sa beauté.

— C'est la plus belle femme du monde, répétait et répétait et répétait le vieil homme en posant son verre de marc sur le comptoir.

D'entendre ce père répéter à longueur de jour « belle », « beauté », « la plus belle femme du monde » finit par donner une idée au *talent-scout*, à Gros Michel. Il s'en ouvrit à Concetta, la femme qu'il partageait avec son meilleur ami, Franco Baronia, fils de Rodolfo. Ils constituaient à eux trois une sorte de société anonyme : le COFOLUP, le Consortium de fourniture des lupanars ; et ils étudièrent la chose de concert.

D'ordinaire, quand il avait repéré une fille qui lui

convenait, le trio la faisait d'abord séduire par l'un ou l'autre de ses membres mâles, puis il s'arrangeait pour la corrompre et faire en sorte que sa déchéance, tant sociale que morale, soit telle que la malheureuse n'ait plus d'autre issue que la prostitution ou le suicide. Comme les associés connaissaient leur affaire, ils ne s'intéressaient guère aux filles dont ils sentaient que c'étaient déjà des putes en puissance et qui travailleraient très vite pour leur propre compte. Non, ils préféraient ne s'attaquer qu'à un gibier de choix : aux mineures de bonne famille, aux jeunes femmes romanesques brusquement abandonnées par leur mari, aux jeunes institutrices intègres qui, justement à cause de leur intégrité morale, ne trouvaient pas à se marier, mais qu'eux, Gros Michel et Franco Baronia, fils de Rodolfo, parvenaient tout de même, avec le concours de Concetta Giarzone, à débaucher et à corrompre suffisamment pour les « placer » au bout de très peu de mois dans quelque élégant appartement ou « cercle culturel » de Milan, ou bien encore dans quelque villa d'un coin discret de proche banlieue.

C'était là le processus ordinaire, mais cette fois, et dès ses premières réunions de travail, le Consortium se rendit compte qu'il ne lui fallait pas compter pouvoir opérer de la sorte avec Donatella. Bien sûr, on savait que ç'aurait été un jeu d'enfant que de la séduire, car Amanzio Berzaghi, petit verre de marc en main, avait avoué à Gros Michel, en termes touchants et pudiquement voilés, qu'une des choses qui lui faisaient le plus de peine, c'était l'attrait immodéré que Donatella, du fait de sa déficience mentale, éprouvait pour les hommes.

Mais la surveillance incessante, rigoureuse, exemplaire du vieil homme rendait impossible toute tentative de séduction. La jeune géante ne sortait jamais et ne restait guère seule chez elle plus de deux heures de suite, car son père, d'accord avec la direction de chez Gondrand, faisait un saut jusque chez lui dans le milieu de la matinée et un autre dans le milieu de l'après-midi afin de voir ce que faisait sa fille. Dans ces conditions, la séduction ne pouvait bien évidemment entrer en ligne de compte.

Ce fut Concetta, le cerveau de cet ignoble Consortium, qui comprit qu'il fallait recourir à la force. Il fallait tout bonnement enlever la jeune fille. Avec le sens pratique des femmes de son espèce, elle soutint que le jeu en valait la chandelle, car une demeurée libidineuse et nymphomane était une telle rareté qu'elle leur aurait rapporté bien plus gros que s'ils avaient gagné à la loterie du jour de l'An de *Canzonissima* [1].

L'idée était excellente, mais il s'agissait de la mettre à exécution. Kidnapper une grande fille de près de deux mètres, qui ne pesait pas loin de cent kilos et dont les réactions étaient imprévisibles, n'était pas facile. Mais Gros Michel était un petit verni. Une jeune domestique, une bonniche, venait presque chaque jour dans le bar où il travaillait, une bonniche plutôt laide car elle souffrait d'une hépatite consécutive à l'alcoolisme, vu qu'elle buvait du vin blanc à pleins seaux. Elle vivait seule, elle avait deux gosses qu'elle avait confiés à sa mère et recherchait passionnément la compagnie des hommes. C'était surtout pour cela, plus encore que pour son vin blanc, qu'elle venait au bar. Et c'était elle qui offrait à boire ; mais, à part quelques malheureux types sans le sou, tous les garçons bien qui fréquentaient l'établissement lui riaient au nez et évitaient de seulement l'effleurer. Elle avait de tristes

---

1. *Canzonissima* (superlatif de *canzone*, chanson) : célèbre émission de variétés à grand spectacle de la télévision italienne et qui sert de support à une loterie d'État, dont les plus gros lots se tirent à l'occasion du jour de l'An. (*N. d. T.*)

cheveux filasse et le regard implorant, écœurant, humide, de la femme toujours prête à se donner. Elle portait généralement de ridicules pull-overs qui moulaient un corps informe et qui n'avait rien de féminin, car les seins y étaient inexistants de même que les hanches tandis que le postérieur, exagérément développé, suscitait le rire plus qu'il n'éveillait le désir. Et, comble de malheur, ses parents lui avaient donné à sa naissance le prénom de Domiziana, de sorte qu'on avait commencé à se moquer d'elle dès l'école maternelle et que, depuis, on n'avait jamais cessé de le faire. Non point que Domiziana fût un prénom ridicule, mais bien parce qu'il ne correspondait en rien, fût-ce lointainement, à son physique.

Mais, pour le Consortium, elle avait au moins un mérite et qui, en l'occurrence, était inappréciable : elle servait chez des gens qui habitaient 15, avenue de Tunisie, c'est-à-dire le même immeuble que les Berzaghi.

Un plan fut dressé en conséquence où rien ne fut laissé au hasard, où le plus petit détail fut minutieusement étudié, presque comme s'il s'était agi de débarquer de nouveau sur les côtes de Normandie. L'opération débuta par la séduction on ne peut plus facile de ladite Domiziana. Gros Michel, qui n'avait guère accordé jusqu'alors à la malheureuse bonniche plus d'intérêt qu'à un ver de terre, se prit soudain d'un violent amour pour elle ; et Franco Baronia, fils de Rodolfo, accourut bientôt en renfort pour le cas où son copain n'aurait pas suffi à combler ses aspirations « sentimentales ». Ils submergèrent à eux deux l'hépatique Domiziana sous de tels flots d'amour — si l'on peut dire — qu'elle acquiesça à tout ce que ces dignes jeunes gens lui demandèrent.

Le problème qui se posait au Consortium était le suivant : comment kidnapper Donatella en l'espace d'une demi-heure, étant donné qu'entre ses coups de téléphone et les sauts qu'il faisait chez lui, son père ne la laissait jamais plus longtemps sans contrôler ses faits et gestes ? Comment aussi opérer sans laisser de trace ni éveiller de soupçons ? Le problème fut promptement et brillamment résolu grâce au concours de Domiziana qui, toujours à demi soûle, continuait à voguer avec délices sur un océan d'amour.

Comme on était au printemps, elle apprit un jour à ses deux increvables chevaliers servants que ses maîtres — ainsi que le faisaient à pareille époque bon nombre de Milanais fortunés — allaient partir pour Rapallo afin d'y profiter du soleil et de la mer, qu'ils y resteraient de telle date à telle date et que, en conséquence, on pourrait utiliser leur appartement à toutes fins utiles.

Ce fut précisément durant cette période que Gros Michel pénétra un matin dans l'appartement des Berzaghi. Comme il n'était pas de ces hommes qu'une serrure peut embarrasser, il s'arma d'un bout de fil de fer et entra comme chez lui. C'était l'heure H. Étudiée au quart de poil comme pour une action de commando, l'opération commençait.

Gros Michel entra et fit un beau sourire à Donatella qui était accourue en entendant la porte s'ouvrir. Un beau sourire mâle et sensuel, car le garçon de comptoir n'ignorait rien de la nymphomanie permanente de la jeune fille, Amanzio Berzaghi lui en ayant parlé, entre deux petits marcs, pour la déplorer amèrement. Gros Michel avait alors soigneusement enregistré les propos du vieil homme afin d'en tirer profit le cas échéant, car il entrevoyait déjà la possibilité d'exploiter une « marchandise » aussi exceptionnelle.

S'approchant de Donatella, il lui caressa doucement les seins, et elle le suivit aussitôt sans se faire prier. Gros Michel lui fit descendre un étage après s'être assuré que l'escalier était désert ; ce qui était presque toujours le cas, les gens prenant généralement l'ascenseur.

Domiziana les attendait à l'étage au-dessous. Dès qu'elle les vit paraître, elle leur ouvrit toute grande la porte déjà entrebâillée de l'appartement de ses patrons, lesquels, on le sait, respiraient pour l'heure à pleins poumons la brise iodée de Rapallo. Outre ladite Domiziana, naturellement soûle, il y avait aussi là Franco Baronia, fils de Rodolfo. À eux deux, ils s'efforcèrent, avec le concours polyvalent de Gros Michel, de distraire et d'occuper au mieux la pauvre demeurée en l'initiant à d'abominables turpitudes, car il leur fallait rester là, avec elle, dans cet appartement, un bon moment encore. En effet, un nouveau problème, et fort ardu, se posait maintenant à eux : comment sortir de l'immeuble avec cette encombrante jeune géante sans être vus du concierge ou de qui que ce soit ?

Concetta Giarzone n'avait point tardé à résoudre remarquablement ledit problème. Donatella ayant été kidnappée un peu avant midi, elle leur avait suggéré de ne la faire sortir qu'à deux heures du matin de l'appartement qu'ils devaient à la complicité de Domiziana. Ce qui fut accepté. À l'heure dite, après l'avoir préalablement fait beaucoup boire, ils traînèrent Donatella jusqu'au rez-de-chaussée, ouvrirent la porte de l'immeuble avec les clés de la bonniche et chargèrent la pauvre demeurée dans une voiture qui les attendait au bord du trottoir et dont Concetta Giarzone tenait le volant. Debout sur le seuil de l'immeuble, complètement soûle, ses fringales amoureuses largement assouvies, hébétée, brisée, Domiziana, clés en main, regarda la voiture s'éloigner. C'était vraiment une belle nuit de printemps.

5

Amanzio Berzaghi agita le gros et menaçant butoir devant le visage de Franco Baronia.

— Tu veux dire que, quand je suis allé chez moi ce matin-là et que je n'y ai pas trouvé ma fille, elle était avec vous à l'étage du dessous ?

Par terre, son visage en bouillie baignant dans son propre sang et dans l'eau qui avait gagné lentement tout l'appartement, Franco Baronia acquiesça.

— On ne pouvait pas se risquer à la faire sortir en plein jour, on aurait été repérés par des tas de gens. Alors on l'a gardée là jusqu'à ce qu'il fasse vraiment nuit, comme ça on a pu l'emmener sans être vus par personne.

Franco Baronia regardait le gros ballon qui se balançait devant ses yeux, et il avait si peur qu'il en léchait son propre sang et l'eau glacée qui ruisselait autour de lui.

Amanzio Berzaghi aimait aller au fond des choses et, partant, comme à beaucoup de Milanais, il lui arrivait parfois d'être passablement assommant, de rabâcher un peu.

— Tu veux dire, répéta-t-il d'une voix monotone, que, pendant que j'allais au commissariat pour y signaler la disparition de ma fille, celle-ci se trouvait à l'étage au-dessous ?...

Franco Baronia ne put que confirmer la chose. Le pauvre père affolé cherchait sa fille dans l'appartement vide, courait au commissariat et ladite fille se trouvait à l'étage du dessous aux mains de deux crapules qui lui faisaient subir les pires sévices devant une bonniche que la chose excitait ignoblement.

Amanzio Berzaghi, oubliant brusquement sa condition d'homme, poussa un rugissement sourd, un rugissement de bête ; puis, levant le bras, un bras vigoureux et velu, balançant le butoir, il en asséna un terrible coup en plein milieu du visage de la brute étendue à ses pieds, déjà à demi morte, et qui avait tué sa fille.

L'eau qui ruisselait par tout l'appartement se teignit aussitôt de rouge vif et de blancs flocons mucilagineux se mirent alors à tournoyer à sa surface en suivant le cours qui, pour de mystérieuses raisons d'inclinaison du sol, se dirigeait vers la cuisine. L'instant d'après, Amanzio Berzaghi, terrassé par une intolérable douleur à l'aine, s'écroulait, face contre terre. L'atroce blessure de son œil gauche se rouvrit et l'eau qui commençait à s'éclaircir redevint progressivement rouge, tandis que, par bonheur pour lui, Amanzio Berzaghi sombrait dans l'inconscience.

6

Un bruit sourd et continu, une sorte de bourdonnement, le tira de son évanouissement. Il se mit à quatre pattes, et se rendit compte que c'était le bruit de la sonnette. Un dernier effort lui permit de se mettre debout. Il y voyait très mal et de son seul œil droit, mais il distingua tout de même l'image de son visage tout barbouillé de sang que le miroir de l'entrée lui renvoyait implacablement. Il ne comprenait plus grand-chose, et le bruissement de l'eau qui inondait l'appartement le troublait davantage encore. Mais la sonnette retentissait et il allait instinctivement ouvrir, en bon Milanais discipliné qui répond à toutes les sonneries, de portes, de téléphone, de réveille-matin.

Il ouvrit la porte et, pour autant que son œil droit

le lui permettait, il aperçut Gros Michel qui se tenait debout derrière. Gros Michel accourait parce que son copain Franco, lui ayant fait savoir que le père de Donatella se trouvait chez Concettina, lui avait demandé de lui prêter main-forte. Alors, voilà, il était venu lui prêter main-forte.

En le voyant, ce fut pour Amanzio Berzaghi comme un tremblement de terre : tout en lui se déchaîna, se souleva, explosa. C'était là l'homme auquel il avait raconté en pleurant presque son drame de père, comme à un fils, l'homme auquel il avait dit, petit marc après petit marc, sa peine, son angoisse et tout ce qu'il lui fallait faire pour protéger sa « gamine ». Et cet homme-là avait profité de ses confidences émouvantes, douloureuses, pour lui enlever sa Donatella.

Il l'empoigna par le revers de sa canadienne et le traîna dans l'appartement. Bien que vieux, blessé, souffrant de partout, il leva les poings et commença, inexorablement, de frapper Gros Michel qui, quoique costaud, céda sous cette avalanche de coups. Il ne réagit même pas quand Amanzio Berzaghi, complètement déchaîné, le prit par les épaules et se mit frénétiquement à lui frapper la tête contre les murs. Le vieil homme ne lâcha sa proie que lorsqu'il se rendit compte que Gros Michel était en train de mourir. Et il mourut effectivement, en s'écroulant presque sur le cadavre de Franco Baronia, sa belle petite canadienne en cuir doublée de fourrure, qu'il venait tout juste d'acheter, déjà toute maculée de sang.

Amanzio Berzaghi le regarda un moment et comprit que l'homme était mort. Il voulait aller dans la salle de bains ; il sentait qu'il allait s'évanouir de nouveau, mais il voulait se laver la figure, se rafraîchir un peu. Il voulait aussi fermer le robinet de la baignoire, mais à peine fut-il debout — avec encore dans l'oreille l'image sonore de Fondo Toce — qu'il s'écroula de nouveau, à bout de forces, à bout de vie. Il tomba presque sur les deux assassins de sa fille, dans l'eau dont le bruit ruisselant lui rappelait encore et toujours, malgré les ténèbres de l'agonie qui n'allait plus tarder, la cascade de Fondo Toce où il avait été avec Donatella, en ces jours tellement heureux et déjà si lointains.

CHAPITRE VII

— *Bien sûr, messieurs, que ce n'est pas juste de tuer. Non, messieurs, non, ce n'est vraiment pas juste !*

1

Le soir de ce même jour — c'était un samedi, un merveilleux, un imprévisible samedi de novembre, sans brouillard, sans humidité — Duca Lamberti, Livia et Mascaranti, de retour de Lodi où ils avaient interrogé Franco Baronia — fils de Salvatore, ne pas confondre —, stoppèrent devant le n° 86 de la via Ferrante Aporti, après avoir déposé à la Questure ledit Franco Baronia et le petit barbeau qui ne supportait pas le vin blanc, en leur demandant de les y attendre. Le concierge s'apprêtait à fermer la porte de l'immeuble, quand Duca lui demanda :

— Mlle Concetta Giarzone ?

— Septième étage, répondit le concierge.

Et il ajouta méchamment :

— L'ascenseur est en panne.

Ils montèrent les sept étages. Mascaranti aurait eu bien des choses à dire au sujet de ces sept étages. Des choses terribles et qu'il ne pouvait décemment dire à personne. En débouchant sur le palier du sixième étage, ils remarquèrent qu'un filet d'eau ruisselait au long de l'escalier, sautant de marche en marche comme une cascatelle. Essoufflé, furibond, car il n'avait jamais aimé monter les escaliers,

Mascaranti atteignit enfin le septième étage et la porte de Concetta Giarzone.

— L'eau sort de là-dessous, dit-il.

On entendait même le bruit assourdi de l'eau qui s'écoulait du robinet de la baignoire.

— Comment se fait-il que personne ne s'en aperçoive ?

Duca ne répondit rien et appuya sur le bouton de sonnette, cependant que Livia s'efforçait d'éviter les deux ou trois petits torrents qui filtraient de dessous la porte. Il était bien possible que quelque locataire ait remarqué cet insolite écoulement d'eau, mais il s'était bien gardé d'avertir qui que ce soit et surtout pas le concierge : la civilisation de masse a au moins ceci de bon que chacun peut s'y noyer à sa guise sans que personne ne vienne lui mettre des bâtons dans les roues en essayant de le sauver. Tout compte fait, c'est là une forme de discrétion méritoire et qui témoigne d'un souci hautement louable de respecter la volonté d'autrui de mourir comme ça lui chante.

— À quoi ils servent donc, les concierges ? demanda Mascaranti. Cet appartement doit être entièrement inondé. Je suis sûr que des tas de gens ont remarqué la chose, mais personne n'a rien dit.

Duca non plus ne disait rien, et il continuait d'appuyer sur le bouton de sonnette. Mais comme personne ne répondait, il se tourna vers Mascaranti :

— As-tu quelque chose pour ouvrir ?

— Peut-être, dit Mascaranti.

En évitant les ruisselets qui filtraient de dessous la porte car, en bon Méridional qu'il était, il lui répugnait de mouiller ses chaussures admirablement cirées, Mascaranti s'approcha de la serrure en brandissant un de ces couteaux de poche dits « de l'armée suisse », et qui comportent différents types de lames grandes et petites, un ouvre-boîte, une lime à ongles, un tournevis, un tire-bouchon et un poinçon. Il farfouilla un peu avec tout cela dans la serrure puis donna un bon coup d'épaule, et la porte s'ouvrit.

— J'aurais dû me faire cambrioleur ; je me demande bien pourquoi je me suis mis flic, commenta-t-il en entrant.

Duca regarda. Ils regardèrent tous les trois, lui, Livia et Mascaranti, les pieds dans l'eau frémissante, comme s'ils avaient été pieds nus au bord d'un lac qu'aurait agité un souffle de brise.

Comme Duca le constata froidement, il y avait trois corps dans la petite entrée. Deux d'entre eux avaient le crâne fracassé et les murs tout autour étaient tout éclaboussés de sang et de matières indéfinissables. C'étaient les corps de Franco Baronia et de Michel Sarosi, dit Gros Michel. Du troisième corps, agenouillé sur le sol et tout recroquevillé, s'exhalait encore un râle d'agonie, un râle rauque et pareil à celui que laissent échapper les langoustes lorsqu'on les tire de l'eau et qu'elles se dressent et se débattent désespérément, pressentant la mort affreuse qui les attend. Ce troisième corps, râlant et tout recroquevillé, il n'était point difficile de reconnaître que c'était celui d'Amanzio Berzaghi, le père de Donatella. Et puis il y avait aussi l'insoutenable bruit d'eau qui venait de la salle de bains. Duca se précipita sans plus attendre vers la source de ce terrible bouillonnement et, dès qu'il pénétra dans la salle de bains, il y découvrit, dans la baignoire et sous l'eau, Concetta Giarzone, entièrement habillée, avec sa natte de gamine de douze ans, qui flottait et ondulait sous le jet du robinet, et ses bottes façon chamois remplies d'eau et qui lui gonflaient dérisoirement les mollets.

Duca ferma le robinet, et l'obsédant et tumultueux bouillonnement cessa enfin. Il regarda une dernière fois le corps de Concetta Giarzone, de Concettina, qui reposait sous l'eau : maintenant que le robinet était fermé, sa natte ne remuait plus, mais Concettina serrait toujours opiniâtrement son sac, lui aussi gonflé d'eau, et semblait bien décidée à l'emporter avec elle dans son voyage vers l'éternité. Puis Duca quitta la pièce et, pour essayer de trouver le téléphone, enjamba les cadavres de Franco Baronia, de Michel Sarosi, dit Gros Michel, et le corps d'Amanzio Berzaghi. Le père de Donatella continuait de râler épouvantablement. Duca se trouva alors devant une Livia livide et qui se retenait pour ne point vomir, car un crâne fracassé à coups de butoir n'est pas de ces choses qui se puissent contempler sans en avoir l'estomac retourné.

— Ne reste pas là, Livia. Va m'attendre dans la voiture, lui dit Duca, la pâleur de la jeune femme n'ayant point échappé à son œil de médecin.

— Pourquoi ? dit-elle. (Son envie de vomir la reprit de plus belle à la vue des écœurantes taches de sang qui souillaient les murs de l'entrée.) Je reste avec toi.

Parfait ! Qu'elle reste donc. Duca trouva enfin le téléphone et appela tout et tout le monde : la Questure ; Police-Secours ; la morgue. Puis il s'agenouilla près du vieil homme qui continuait de râler comme une langouste expirante et, sans même retrousser le bas de son pantalon qui traînait dans un reste d'eau, il lui prit le pouls.

Amanzio Berzaghi n'avait plus qu'un souffle de vie.

Alors, violemment, furieusement, il retourna le vieil homme râlant, l'allongea sur le dos, lui arracha rageusement son veston, sa chemise, son gilet de corps et, lui ayant découvert la poitrine, se mit à lui masser le cœur de ses deux mains et de toutes ses forces, sans même voir ce pauvre visage tout barbouillé de sang noir ni cet œil crevé maintenant tournés vers lui. Et il continua désespérément ce massage désespéré jusqu'à l'arrivée de deux infirmiers qui portaient une civière.

Le visage ruisselant de sueur, Duca les aida à mettre Amanzio Berzaghi sur la civière et partit avec eux. Livia leur emboîta le pas et Mascaranti la suivit. C'était un samedi soir. On ne se serait pas cru en novembre, encore qu'il fît un peu frais. On ne se serait même pas cru à Milan tant l'air était limpide.

Est-ce que le vieil homme allait s'en tirer ?

2

Il s'en tira. On ne peut sous-estimer la résistance d'un vieux Milanais, conducteur de poids lourds, même s'il est à deux doigts de la mort. Il survécut grâce aux seuls prodiges de la médecine, alors qu'il voulait mourir. Il survécut, n'ayant plus qu'un œil et les parties génitales irrémédiablement atteintes. Et dès qu'il se rendit compte qu'il continuait de vivre, dès qu'il put parler, il ne fit que répéter comme une antienne :

— Non, non, non, non !

Il ne disait rien d'autre que ce seul mot. Et, sans être très ferré sur la psychanalyse, on comprenait immédiatement la signification de ce « Non ! ». Amanzio Berzaghi se refusait à vivre, maintenant que Donatella n'était plus.

Mais les injections de sérum et les autres soins dont il fut l'objet eurent raison de son funèbre entêtement et lui redonnèrent malgré lui, brutalement, physiologiquement, un semblant de volonté de vivre.

Duca passa quatre jours et trois nuits au chevet d'Amanzio Berzaghi, jusqu'à ce que celui-ci fût en état de parler.

— Pourquoi n'êtes-vous pas allé à la police avec

cette lettre ? demanda Duca, quand le vieil homme, maintenant borgne, couché dans son petit lit d'hôpital, enveloppé de pansements, mais encore vigoureux, lui eut raconté, en peinant beaucoup, ce qui s'était passé. Pourquoi n'êtes-vous pas allé à la police, au lieu de vous rendre via Ferrante Aporti et d'y tuer trois personnes ?

— J'y étais déjà allé tellement de fois à la police, dit amèrement Amanzio Berzaghi. J'y suis allé toutes les semaines, pendant des mois, et je leur disais qu'on m'avait enlevé ma fille. Eh bien ! qu'est-ce qu'ils ont fait ? Qu'est-ce que vous avez fait ? Rien. Vous n'avez jamais retrouvé les ravisseurs de ma fille et, plus tard, quand ils l'ont tuée, vous n'avez pas non plus retrouvé ses assassins. Je les ai retrouvés tout seul, moi, et avant vous autres.

Duca ravala sa salive et sa courte honte, respira un bon coup, puis dit dans un murmure :

— Nous les avions aussi retrouvés, juste ce jour-là, ce même samedi.

— Possible, mais je les avais retrouvés avant vous, dit sans se démonter Amanzio Berzaghi.

Il faisait très chaud, absurdement chaud, dans cette petite chambre de l'hôpital Saint-Jean-de-Dieu. Dehors, ainsi qu'on le voyait au travers des rideaux de la fenêtre, c'était une grise journée de novembre, milanaise en diable. Duca avait envie de fumer, mais c'était interdit.

— Vous avez assassiné trois personnes, dit-il en ravalant de nouveau et sa salive et son amertume. Ce n'est pas juste, non, même si ces trois personnes ont tué votre fille.

Le vieil homme bondit :

— *Ségùra de si che l'è minga giust !*

L'indignation le faisait parler milanais. Il venait de dire :

— Bien sûr que ce n'est pas juste !

Et il poursuivit avec flamme :

— Je ne suis pas un criminel. Je n'ai jamais eu l'intention de tuer qui que ce soit, moi, même pas les assassins de ma fille. Si vous autres de la police, *invés de cicciarà tant e de ciappàm per el baver mes e mes*[1] (il parlait de plus en plus milanais), vous aviez retrouvé les ravisseurs de ma fille, ma fille ne serait pas morte et je n'aurais pas tué trois personnes !

Amanzio Berzaghi s'assit dans son lit, impressionnant et digne ; l'énorme pansement qui lui recouvrait la tête et les deux tiers du visage le rendant plus impressionnant encore. Il éleva la voix :

— À quoi vous servez donc, vous autres de la police ? Pendant six mois, je suis venu vous supplier à genoux de retrouver ma fille, et la seule chose que vous avez été capables de faire ç'a été de me la retrouver morte, brûlée vive, sur la grand-route de Lodi. Or voilà que j'apprends qui sont les assassins de ma fille, et vous voudriez que je ne fasse rien ? J'ai voulu au moins voir à quoi ils ressemblaient !

— Voir à quoi ils ressemblent et les tuer, ça fait deux, dit calmement Duca, tout en continuant de ravaler sa courte honte.

— Mais je ne voulais pas les tuer, moi, je voulais simplement causer avec cette femme, dit Amanzio Berzaghi. Seulement, dès que j'ai commencé à lui poser des questions, elle a empoigné le butoir et elle m'a arrangé comme vous voyez, alors j'ai réagi.

Il baissa la voix et, pleurant presque, expliqua, expliqua encore — non pas pour se disculper — que, si cela n'avait tenu qu'à lui, il n'aurait tué personne, mais

---

1. Au lieu de tant bavasser et de me mener en bateau pendant des mois et des mois. (*N. d. T.*)

qu'à un certain point, il avait perdu la tête et n'avait plus su ce qu'il faisait.

— Monsieur l'inspecteur, je ne vous raconte pas tout ça pour m'excuser, et vous pouvez bien me condamner à tous les bagnes que vous voudrez. Qu'est-ce que vous voulez que ça me fasse, à mon âge ? Je vous le raconte seulement pour vous dire que je le sais bien que je ne devais pas le faire, même s'ils étaient les assassins de ma fille, mais je n'ai pas pu me retenir.

Il s'efforçait d'expliquer son malheur le plus honnêtement possible, à la milanaise.

— Je ne suis pas un criminel, moi ; je ne suis pas allé là-bas pour faire un massacre, j'y suis allé pour causer à cette femme et elle m'écrabouille la figure et puis elle me dit qu'ils ont tué ma gamine parce qu'« elle leur cassait les pieds ». Après, les deux autres sont arrivés : je ne les ai pas cherchés, ils sont venus tout seuls, et ils venaient pour me descendre parce que Concettina leur avait dit que j'étais là. Je ne me suis même pas rendu compte que je les avais tués. Mais je le sais que je ne devais pas faire ça, je le sais, je le sais, mais je n'ai pas pu, je n'ai pas pu, je n'ai pas pu me retenir.

Il bafouillait un peu à cause de sa mâchoire fracassée par le coup de butoir, et il répétait souvent la même chose.

— Vous auriez dû nous l'apporter à la Questure, cette lettre qu'on avait glissée sous votre porte, cette lettre avec les noms des assassins de votre fille, et on les aurait arrêtés, dit Duca sans conviction. Pourquoi ne l'avez-vous pas fait ? Vous pouviez même nous téléphoner, on serait venus tout de suite.

Amanzio Berzaghi secoua négativement sa tête toute bandée et dit quelque chose que Duca crut d'abord avoir mal entendu :

— Peut-être bien parce qu'on m'a glissé la lettre

sous ma porte le vendredi soir et que le lendemain, vu que c'était samedi, j'avais ma journée de libre. Alors, comme je ne travaillais pas, je suis allé via Ferrante Aporti voir cette femme.

— Qu'est-ce que vous voulez dire ? demanda Duca en s'efforçant de comprendre.

— Ben voilà, expliqua le vieil homme, dans son doux et rauque parler milanais, si on m'avait mis cette lettre sous ma porte un mardi soir, par exemple, moi, le mercredi, il aurait fallu que j'aille travailler chez Gondrand parce que c'était un jour ouvrable, et j'y serais allé — parce que pour moi, à moins d'être mort, le bureau c'est sacré —, au lieu d'aller chez Concettina. Et je vous aurais averti, j'aurais averti la police ; mais, comme je ne travaillais pas le samedi, j'ai eu l'idée d'aller voir cette femme qui m'avait volé ma fille et qui l'avait assassinée avec les deux autres. Si ç'avait pas été le samedi, je n'y serais jamais allé et je n'aurais pas fait tout ce massacre.

Duca ne répondit rien. Quoique surprenante, il sentait bien que cette explication était exacte. Les vieux Milanais ont pour principe de travailler tous les jours de la semaine, à l'exception du samedi s'ils font la semaine anglaise. Alors quand il leur faut faire quelque chose qui sort de la normale, ils le font le samedi. Duca se leva.

— Allongez-vous, et essayez de dormir.

— Oui, monsieur l'inspecteur.

Amanzio Berzaghi se recoucha en poussant un gros soupir.

— Je voudrais être mort, dit-il.

« Bien sûr, c'est très compréhensible », se dit Duca. Maintenant qu'il n'avait plus sa fille, cet homme n'était plus qu'un mort en puissance. Mais il est des règles morales, et qu'il faut respecter. L'une d'elles décrète qu'il importe d'empêcher à tout prix les gens de se suicider quelque bonnes que puissent être les raisons qu'ils ont de le faire.

— Ne dites pas ça, essayez plutôt de dormir, dit Duca.

Il se dirigea vers la porte et sortit. Dehors, dans le couloir, un agent qui surveillait l'assassin Amanzio Berzaghi faisait les cent pas.

— Va dans sa chambre et ne le laisse pas seul une minute, sinon il se tue.

— Entendu, docteur, dit l'agent.

En bas, dans la rue, Livia l'attendait au volant de la voiture. Elle le ramena à la Questure. C'était un sombre après-midi très froid ; et l'hiver milanais commençait à se faire sérieusement sentir, encore qu'il n'y eût point de brouillard.

Quelques minutes plus tard, Duca et Livia s'assirent face à face à la table de travail du policier et se regardèrent en silence. Tout était morne et triste : le bureau ; la lumière du jour ; leur attitude à la fois lasse et tendue.

— Il est arrivé une lettre pour toi ce matin, à la maison, dit Livia en la tirant de son sac. Excuse-moi de l'avoir ouverte, mais, quand j'ai vu l'en-tête de l'Ordre des médecins, ç'a été plus fort que moi.

— Tu as bien fait, dit Duca.

Au même moment, le téléphone sonna. C'était Mascaranti.

— Je l'ai arrêtée, docteur, dit-il.

Il n'était pas besoin d'être Sherlock Holmes pour deviner que c'était Domiziana, la domestique de l'étage du dessous, qui avait glissé sous la porte d'Amanzio Berzaghi la lettre où figuraient les noms des trois assassins de Donatella. Et Duca avait chargé Mascaranti de la rechercher.

— J'ai réussi à la faire parler, dit Mascaranti, visiblement de mauvais poil.

Duca voulut espérer que son adjoint avait obtenu ce

résultat en n'employant que des moyens licites autorisés par la loi. Mais il n'en était pas très sûr.

— Elle a tout avoué. C'est elle qui a planqué Donatella et les deux salopards dans l'appartement de ses patrons. Quand ces beaux messieurs l'ont laissée tomber, elle a mis la lettre sous la porte du vieux Berzaghi pour se venger.

C'était clair, clair et enfantin : l'ardente bonniche s'était vengée de ceux qui ne voulaient plus couronner sa flamme. Du joli monde, oui !

— Merci, Mascaranti. Flanque-la aux ordures.

Et Duca raccrocha le combiné.

— Tu ne lis pas ta lettre ? demanda Livia.

— Si, dit Duca en la sortant de l'enveloppe.

Mon cher Lamberti,

C'est avec un vif et très sincère plaisir que je te communique, ci-joint, le double de la décision, prise par notre conseil national, de te réintégrer sans conditions dans l'Ordre des médecins. Le texte de ladite décision sera très prochainement publié dans notre organe officiel, ainsi que dans bon nombre de revues spécialisées. Nous tous, qui te connaissons et t'estimons, sommes heureux de te compter de nouveau parmi nous. En ce qui me concerne, je souhaite de pouvoir te rencontrer bientôt, avec beaucoup d'autres de tes amis, autour d'une table bien garnie.

Dans cette attente, je te prie de me croire, etc.

Suivait la signature d'un des gros bonnets de l'Ordre.

— Tu as lu ? demanda Livia.

— Oui, j'ai lu, dit Duca.

— Ça te fait plaisir ? dit Livia.

— Bien sûr que ça me fait plaisir, répondit Duca.

— C'est à Càrrua que tu dois ça, tu sais, dit Livia.

Ça fait des années qu'il se bat pour toi. Et bien qu'il soit présentement en Sardaigne, il est tout de même arrivé à ses fins.

Comme s'il ne le savait pas, que Càrrua y tenait tellement à ce qu'il redevienne médecin !

— Oui, je le sais, dit-il.

— Pourquoi fais-tu cette tête-là ? demanda Livia.

Duca laissa échapper un profond soupir.

— Parce que je ne suis ni un bon médecin ni un bon policier. En tant que médecin, j'ai surtout réussi à me faire radier de l'Ordre, et une des plus belles opérations que j'aie jamais faites ç'a été de recoudre la virginité défaillante d'une putain[1]. En tant que policier, je t'ai bêtement envoyée te faire taillader ta jolie petite gueule et voilà maintenant que je n'ai pas été capable d'arriver à temps pour empêcher la boucherie que ce pauvre vieux a faite pour venger sa fille. C'est pour ça que je fais cette tête-là.

— Non, protesta Livia, non, tu es un bon médecin et un bon policier.

— Si c'est toi qui le dis... dit amèrement Duca.

— Je le dis parce que c'est vrai.

Livia criait presque.

— Tu es seulement un peu fatigué parce que tu prends tout trop à cœur. Allons faire un tour, viens.

— Oui, dit Duca.

Il fut sur le point de lui dire : « Merci, Minerve », mais il ne le lui dit pas.

---

1. Voir : *À tous les râteliers*, n° 1605. (*N. d. T.*)

Giorgio Scerbanenco

SCÉNARIOS POUR DEUX ROMANS

Dans la soirée du 27 octobre 1969, Giorgio Scerbanenco, son épouse et ses deux filles — Germana et Cecilia, respectivement âgées de cinq et six ans — s'apprêtent à quitter l'appartement de la Piazza della Repubblica en direction de Lignano, une station balnéaire voisine de Trieste. Soudain Giorgio Scerbanenco est pris d'un malaise. Il s'effondre : mort.

Un an plus tôt, à Paris, le jury du Grand Prix de Littérature policière l'avait donc choisi comme lauréat pour un roman intitulé À tous les râteliers, *le second d'une série de quatre romans dont les titres sont :* Vénus privée, Les Enfants du massacre, Les Milanais tuent le samedi[1]. *Giorgio Scerbanenco était âgé de cinquante-huit ans. Autodidacte passionné de littérature, de mathématiques et de philosophie, il venait quelques années auparavant de créer un personnage tout à fait original dans le monde du polar. Un flic pas comme les autres (ni Maigret ni Carella), un détective différent de ses pairs (Spade, Burma ou Marlowe), un héros*

---

1. Publiés chez Plon en 1967-1970. Réédités pour la première fois en 10/18, 1984-1985.

à hauteur d'homme, un chevalier des métropoles actuelles qui lui était propre et, en même temps, novateur par rapport aux protagonistes usuels des séries noires. Ce Robin Wood version jungles d'asphalte avait nom Duca Lamberti.

Trente-cinq ans, de grande taille, maigre, le cheveu ras, le visage osseux, rigoriste. Une sorte d'autoportrait idéal. À l'origine, Duca Lamberti exerçait la profession de médecin, mais il fut radié de l'Ordre pour avoir pratiqué l'euthanasie sur une patiente atteinte d'un cancer généralisé et qui le suppliait de l'aider à passer. Condamné à trois ans de prison pour homicide avec circonstances atténuantes, il apparaît dans Vénus privée, *au moment de sa sortie de San Vittore, l'équivalent milanais de la Santé. Son père, Pietro Lamberti, fonctionnaire de police à la Questure, est mort d'un infarctus, quelques mois après l'incarcération de son fils. Duca Lamberti n'a plus pour famille qu'une sœur — Lorenza —, fille-mère d'une enfant prénommée Sara, née de père plus ou moins inconnu. Le commissaire Càrrua, ami de son père, va aider Duca à sa sortie de prison. Secondé par l'inspecteur Mascaranti et soutenu par une intellectuelle, Livia Ussaro (chômeuse, diplômée d'histoire et de philosophie, dont il fera la connaissance dans* Vénus privée*), admiratrice de Duca et qui va tenir une place de plus en plus grande dans sa vie, Lamberti pénétrera, pas à page, les méandres du Milan interlope.*

Ce n'est pas là le moindre apport de Scerbanenco au roman noir et qui tend à le rapprocher davantage d'auteurs tels que William Riley Burnett voire Léo Malet que d'un Chandler ou d'un Mac Bain. « Au centre des polars de Scerbanenco, note Jean-Pierre Enard, il y a Lamberti, certes, héros douloureux, hanté par une impossible pureté, à la fois cynique et désarmé, révolté et compatissant. Mais le personnage essentiel, c'est Milan, la ville tentaculaire avec ses aspects séduisants, ses mauvais garçons, ses bas-fonds. Scerbanenco donne, de livre en livre, une peinture saisissante de l'Italie qui n'a peut-être pas d'équivalent dans la littérature d'alors[1]. »

N'oublions pas les femmes. Troisième angle aigu du triangle scerbanencien. Lamberti, Milan, mais aussi les femmes. Qu'elles apparaissent au premier plan ou en seconds rôles, victimes ou bourreaux, elles pèsent de leur présence comme de leur disparition prématurée d'un bout à l'autre des romans du cycle Lamberti et des autres. Et là encore, l'abord diffère des auteurs classiques de série noire, dont les thèmes tournent autour de la formule stéréotypée du « Cherchez la femme ». Avec Scerbanenco, ce slogan est dépassé. Ici, il s'agit, au-delà des clivages sexistes, de débusquer l'infâme, quelles que soient ses origines sociales ou sexuelles. « Les récits de Scerbanenco, remarque Oreste del Buono, se nourrissent d'une colère, d'une violence, directement issues d'une méchanceté qui les préserve de tout danger de bavure, de complaisance ou de minauderies. Certes, on y trouve de l'amour, mais plus encore que l'amour, c'est la tension qui prévaut, une tension continue de la première à la dernière image... »

On se souvient de la dernière scène du roman d'Horace Mac Coy, Un linceul n'a pas de poche, *quand le journaliste Mike Dolan, touché à mort par les balles d'un tueur anonyme, tombe la tête la première dans une poubelle, avec l'ultime réflexe de se boucher le nez devant toute la puanteur qui s'en dégage. Eh bien, Duca Lamberti ne fait rien d'autre que fouiller les poubelles d'une Milan que s'interdisent de dévoiler les cartes postales. Au passage, il note :*

1. Article paru dans *VSD*, 1984.

« À quoi bon arrêter un monstre ? À quoi bon le punir ? À quoi bon le supprimer ? Et à quoi bon le laisser en vie ? » (Les Enfants du massacre). *Ou encore : « De la civilisation de masse naît la criminalité de masse. Aujourd'hui, la police ne peut plus s'offrir le luxe de ne chercher qu'un criminel à la fois, de n'enquêter que sur une seule affaire. Aujourd'hui, l'on fait d'énormes rafles à quoi participent conjointement les différentes brigades spécialisées... La police n'opère plus maintenant que de cette façon dans la mer de fange et de crime des grandes métropoles. C'est ainsi qu'elle ramène dans ses filets de bien répugnants poissons (...), c'est ainsi qu'elle nettoie... »* (Les Milanais tuent le samedi).

Mais Scerbanenco ne se contente pas de brosser de grands tableaux noirs et brutaux. Aucun de ses personnages, du plus fondamental au plus transitoire, ne saurait lui servir uniquement de prétexte. Mieux que personne, il sait leur donner corps, et tous nous apparaissent bien vite de chair et de sang.

À la veille de sa mort, cet authentique écrivain était en passe de bâtir — à partir du cycle Duca Lamberti — une véritable comédie humaine. Une attaque cardiaque l'en a empêché. Il n'en reste pas moins des textes (inédits ou non traduits), des bouts de livres, des plans de romans et, en particulier, les cinquième et sixième aventures de Duca Lamberti dont Scerbanenco avait esquissé les grandes lignes et que nous sommes en mesure de présenter, ici, pour la première fois en France, grâce au travail et au dévouement de son ami Oreste del Buono et à l'aimable autorisation de Mme Scerbanenco.

Robert Deleuse.

CINQUIÈME ENQUÊTE DE DUCA LAMBERTI

Titres éventuels : *Safari pour un monstre,*
Les poussins et le sadique,
Savoir mourir tout seul.

1. Duca Lamberti épouse Livia Ussaro. Il dispose de quinze jours de vacances seulement, avant de se remettre à exercer la profession de médecin. Livia souhaite se rendre à Paris, puis traverser la campagne française en voiture, jusqu'à une ville des bords de Saône où vit, en compagnie de sa grand-mère, un jeune frère à elle — Sébastien —, fils d'un de ses parents séparés, qu'elle n'a plus revu depuis longtemps. Bien que Duca déteste Paris, *la grandeur de la France* et l'arrogance des Français, il cède à Livia. Ils partent, non par l'autoroute qui, pour Duca, ressemble à une piste dans un désert et où, des kilomètres durant, l'on ne rencontre pas la plus infime habitation, mais, au contraire, par les bonnes vieilles nationales et départementales.

Arrivés à Paris, ils descendent dans un petit hôtel des Champs-Élysées où Duca critique tout : de la moquette aux portiers en passant par les barmen. Il voudrait repartir illico. Dans un kiosque, sur les Champs, il achète des journaux et tout un jeu de cartes routières pour rejoindre Chalon-sur-Saône, où vit Sébastien, le jeune demi-frère de Livia. En parcourant la presse, il apprend qu'un garçon de douze ans a été retrouvé mort, près de Chalon, au milieu de broussailles, tué par un sadique qui lui a fait subir des sévices. C'est le second assassinat de ce genre qui se produit en six mois et, malgré le peu d'indices dont elle dispose, la police française en conclut qu'il s'agit bien du même meurtrier. L'adolescent assassiné se prénommait Yves. Et, ce qui glace Livia, c'est qu'il était l'ami et le camarade d'école de Sébastien, lui aussi âgé de douze ans. Duca est également parcouru d'un frisson à la lecture de l'article, car il pense que cela aurait très bien pu arriver au frère de Livia. « Les deux garçons étaient souvent ensemble, raconte Livia, et ils étaient même venus passer des vacances en Italie... » Duca et Livia mettent le cap sur Chalon, en direction de la vieille maison, près du fleuve, où vivent Sébastien et sa grand-mère... Sébastien est là qui les attend. Quelques jours plus tôt, il avait écrit à Livia de venir lui rendre visite, ignorant, alors, que sa demi-sœur partait en lune de miel pour Paris.

La mort de son ami Yves l'a bouleversé. Il est rempli de haine et de dégoût à l'encontre de l'assassin. Livia tente de le consoler en lui assurant que Duca, son mari, retrouvera le coupable. Quand le garçon apprend que Duca est flic, il entre dans une violente colère : « Vous, la police, vous ne faites jamais rien. Vous mobilisez des tas d'hommes avec des chiens, mais vous ne trouvez jamais rien d'autre que des cadavres, et ça ne vous sert à rien de les trouver puisqu'ils sont morts !... » Le couple fait tout pour calmer Sébastien que Livia nomme tendrement « poussin ». Mais celui-ci, agitant violemment la tête, affirme en bon garçon têtu : « Moi, si j'étais flic, je saurais comment retrouver l'assassin en quelques jours. » Par amour pour Livia, Duca contient sa colère grandissante à l'encontre de la France en général et de Sébastien en particulier (qu'il surnomme, en son for intérieur : le petit de Gaulle) et demande posément au jeune adolescent de lui expliquer la façon dont il s'y prendrait.

2. Sébastien explique à Duca et Livia dans quel sens il agirait. Il le fait avec ferveur et passion, également

écouté par la grand-mère — la vieille Mathilde. « Il suffirait de faire circuler un garçon, jusqu'à ce qu'il se fasse ramasser par quelques détraqués. Parmi eux, se trouverait certainement l'assassin d'Yves. Il ne resterait plus, alors, qu'à le faire avouer... » Duca fait remarquer à Sébastien que le jeune garçon qui servirait d'appât courrait un grave danger. Mais Sébastien lui rétorque, sans se démonter, qu'il n'y aurait aucun danger puisque, au préalable, on aurait pris la précaution de dissimuler sur lui un mouchard électronique et qu'il serait filé en permanence par une voiture de la police, équipée en conséquence. Duca convient, sans difficulté, de l'ingéniosité du plan, espérant par là même en finir avec cette histoire de sadique à la française et pouvoir profiter, avec Livia, du peu de jours de congés qui lui restent encore. Mais Sébastien, furibond, au bord des larmes, se braque contre Duca, lui reprochant de se moquer de lui, et de le prendre pour un enfant : « Je sais ce que tu penses ! Que j'ai lu tout ça dans des bandes dessinées. Très bien. Continuez donc avec vos opérations de ratissage qui ne ratissent rien du tout. Continuez d'interroger des centaines de personnes qui n'ont rien à voir avec l'affaire. Continuez de prêter attention aux mégalos qui pour se faire remarquer avoueraient n'importe quel crime. Suivez les pistes téléphoniques de tous les pauvres d'esprit qui plaisantent avec les morts. Mais Yves, lui, a bel et bien été assassiné et avec vos systèmes vous n'êtes pas près de retrouver son meurtrier !... » Tandis que Livia cherche, une nouvelle fois, à calmer Sébastien, Duca sort et remonte à grandes enjambées la rue principale. Il fait nuit et tout est noir. Parvenu dans le noble Royal Hôtel, il prend place dans l'immense salle à manger et commande un énorme plat d'huîtres, puis téléphone à Livia de laisser tomber son aspirant flic de frère et de le rejoindre. Plus que jamais décidé d'en finir avec les monstres et les assassins, il confie à Livia son envie de devenir dentiste...

Mais il était dit que, pour Duca, le cauchemar du meurtre du jeune adolescent français ne s'achèverait pas ainsi...

Depuis quelques jours, une jeune fille d'une douzaine d'années, Béatrice, vient rendre couramment visite à Sébastien. Le prétexte est d'étudier ensemble, mais les deux adolescents n'ont, en fait, de cesse d'évoquer la mémoire d'Yves en se consolant réciproquement. Sébastien a expliqué à Béatrice ce qu'il ferait, lui, s'il était policier, afin de retrouver au plus vite le coupable et Béatrice l'a aussitôt approuvé avec enthousiasme. Pendant qu'ils déjeunent dans un vieux restaurant, près de la Saône, Duca et Livia subissent l'assaut de Sébastien et de Béatrice, qui les ont aisément retrouvés. Béatrice est une très belle et impétueuse jeune fille qui contraint Duca à endurer, tout un après-midi, l'assaut de ses violentes diatribes...

3. Poussé dans ses derniers retranchements, à la limite de sa patience et de son amour pour Livia — laquelle se montre absurdement jalouse de Béatrice —, Duca, pour se libérer une fois pour toutes de cette histoire, décide de rentrer en Italie, promettant à Livia un second voyage de noces. Ils regagnent Milan et leur nouvelle demeure, où tout reste à aménager. Après quelques jours de tranquillité, survient le drame...

Près du fleuve Orco, dans le Piémont, sont découverts les cadavres de deux jumeaux de treize ans — Federico et Filippo — disparus depuis deux jours... Serait-ce parce qu'il s'agit de l'assassinat en série d'enfants ou parce que sur les photos publiées par la presse les jumeaux étaient très beaux, toujours est-il que les opinions publiques française et italienne se déchaînent. On implique Interpol et les ministres de l'Intérieur des deux pays donnent des consignes draconiennes, avec sanctions à la clef contre les cadres de la police, si le coupable ne se retrouve pas sous les verrous en moins d'une semaine...

Quelques heures plus tard, Sébastien et Béatrice arrivent à Milan, chez Duca et Livia. Duca ne peut pas faire moins que d'aller expliquer à Càrrua la théorie du jeune garçon. Ce dernier reconnaît que, pour être fantasque, l'idée est loin d'être stupide. « L'inconvénient, explique-t-il, tu le connais mieux que moi. Personne ne prendra la responsabilité d'envoyer un gosse à l'abattoir au milieu de détraqués. Tu connais, toi, le questeur (sorte de préfet) qui serait capable d'approuver ce plan et d'en signer l'ordre d'exécution ? Et si, quelques jours après, on retrouve le cadavre du gosse sur la berge d'un fleuve, avec quel type de revolver penses-tu que se suicidera le questeur qui aura donné un ordre pareil ?... »

D'un autre côté, tout le monde se rend bien compte que les enquêtes réglementaires n'ont abouti nulle part...

Aussi, par-delà la poursuite conventionnelle des recherches, le questeur décide de donner le feu vert à l'opération-radar à laquelle, cependant, sont apportées quelques modifications. Il faudra au moins quatre garçons pour jouer le rôle d'appâts. Un seul, cela demanderait trop de temps. Il en faudra au moins quatre qui se disperseront dans toutes les directions, tout en tenant compte de l'ultime piste de l'assassin, autour du fleuve Orco. « Jusqu'ici, explique le questeur, je n'ai pu avoir que trois volontaires à l'Institut des Enfants trouvés, parce qu'il est clair qu'aucun parent ne nous confiera sa progéniture pour une opération de ce genre. »

Sébastien se porte candidat et, bien que réticent, le questeur finit par accepter.

Le fleuve du dernier meurtre est celui d'Orco, près

de Turin. L'opération s'ordonnera de la manière suivante : depuis Turin arriveront, durant la nuit, quatre voitures équipées de radar et de balises qui seront données aux quatre garçons. Dans le même temps, les quatre « appâts » devront suivre des cours accélérés afin d'apprendre à se servir des indicateurs plus quelques passes élémentaires de judo qui leur permettront, si besoin est, de se défaire du détraqué s'il cherche à les agresser. Enfin, il leur sera demandé de se soumettre à des essais avec le « mouchard » en poche et les voitures qui les suivront à deux kilomètres de distance... L'après-midi du surlendemain, l'opération commence : les quatre « poussins » (dont les noms et descriptions seront donnés dans le roman) vont jouer leurs rôles d'appâts.

Chacun d'eux suit un itinéraire prédéterminé. L'un se met à flâner autour d'un cinéma équivoque. Un autre entre dans un bar pour jouer au billard électrique et raconte qu'il a fait une fugue. Un troisième va et vient au milieu des roulottes d'un modeste luna-park. Tandis que le quatrième cherche à se lier avec des voyous en demandant s'ils ne connaîtraient pas quelque type prêt à offrir le gîte et le couvert à un garçon affamé. Les quatre voitures suivent les quatre appâts. Sur le cadran du radar, deux policiers surveillent, seconde après seconde, les déplacements transmis par le mouchard électronique, prêts à intervenir au moindre signal de danger. Duca et Livia suivent Sébastien.

4. La première conséquence de cette singulière opération est que les quatre « poussins » font arrêter une exceptionnelle brochette de détraqués. Mais non pas ceux déjà connus et fichés par la police. Il s'agit plutôt de très respectueux messieurs issus des professions libérales, de l'enseignement, des bienfaiteurs d'orphelinats et, également, d'un sportif célèbre. Mais toujours

pas l'assassin. Les « poussins » errent et rôdent de ville en ville, de Biella à Asti, de Turin à Aoste, parcourant quasiment toutes les localités situées autour du fleuve Orco, quand, le quatrième jour, l'indicateur de la voiture numéro 2 — celle de Duca — émet le signal du danger.

Le garçon qui transmet le signal est Sébastien. Suivant les instructions fournies par le radar, la voiture fonce dans une allée obscure où se trouve Sébastien et le découvre, étendu par terre — blessé et gémissant. À quelques mètres de lui, un homme, déjà prêt à s'engouffrer dans un véhicule. L'un des deux policiers s'extrait du véhicule pour porter secours au jeune garçon, tandis que l'autre — Duca — emboutit la voiture de l'assassin avant qu'il ne réussisse à démarrer, l'éperonne et la renverse.

Blessé, et après un violent interrogatoire, le meurtrier — un aristocrate français — finit par avouer tous ses crimes. Mais pourquoi éprouvait-il le besoin de toujours transporter ses victimes sur les berges d'un fleuve ? N'était-ce pas dangereux ? « Sans doute, répond-il cyniquement, mais il existe une logique : les adolescents aiment les fleuves, la mer, les lacs. Moi aussi, j'aime les fleuves et si vous ne m'aviez pas capturé, j'aurais bien su mourir seul, dans le fleuve... »

Les blessures de Sébastien sont superficielles. L'assassin avait tenté de l'étrangler, mais il avait réussi à lui échapper. Près de lui, à l'hôpital, se trouvent Béatrice et Duca, qui lui lancent : « Ne te donne pas tant de grands airs, poussin, et quand tu seras grand ne deviens jamais un flic ! » Livia demande à Duca de reprendre le voyage de noces interrompu, en ramenant d'abord Sébastien et Béatrice à Chalon puis en poursuivant, seuls, leur lune de miel.

(Traduit de l'italien par Robert Deleuse.)

SIXIÈME ENQUÊTE DE LUCA LAMBERTI

Titre : *Un train vers le délit*

1. Dans un compartiment de seconde classe, sur un train de ligne locale, un jeune homme est retrouvé assassiné. À ses côtés, un mange-disques, dans lequel est engagé un 45-tours.

C'est une brûlante journée estivale. Dans le train, on suffoque et l'on compte très peu de voyageurs. Très exactement vingt-deux, car il ne s'agit pas d'une ligne reliant deux localités touristiques.

Un passager qui, par hasard, avise le mort, prévient — affolé — l'unique employé de service sur le train et celui-ci examine le cadavre. Il comprend que le jeune homme a été tué il y a peu et, très sagement, s'abstient d'actionner le signal d'alarme. Tandis que le train poursuit sa route, il relève consciencieusement les noms et prénoms des vingt-deux passagers. Puis, quand le train arrive au terminus, il leur demande de ne pas quitter le train et appelle les carabiniers pour les interroger... Comme l'établira l'autopsie, le meurtre a bien été commis dans le train. Autrement dit, l'assassin ne peut être que l'un des passagers, puisque le contrôle des billets a établi que, dès le départ, vingt-deux tickets ont été vendus. Il est exclu qu'un des passagers ait pu tuer le jeune homme, puis s'enfuir du train en marche. Le coupable se trouve donc bien parmi les voyageurs, auxquels il faut ajouter les deux conducteurs de la motrice et l'employé qui a examiné le mort.

2. Le jeune homme assassiné est un étudiant allemand de vingt-six ans, du nom de Karl Semper. Un voyageur plutôt étrange pour un train local tel que celui-ci, qui ne transporte que des autochtones. L'homme chargé de l'enquête se nomme Mascaranti — l'assistant de Duca Lamberti — qui a été nommé chef de la police de Codogno. Il commence par procéder à des interrogatoires, des recherches, mais il vient à peine de commencer son enquête avec beaucoup d'intelligence et d'inflexibilité (l'enseignement de Duca est demeuré en lui, même si Duca — lui — est loin, désormais, occupé à sa médecine) qu'il se voit transféré au fin fond du Frioul. L'enquête est confiée au nouveau maréchal des carabiniers, un Méridional typique, très affecté de se retrouver aux prises avec un crime compliqué sur les bras, le cadavre d'un jeune Allemand et vingt-cinq suspects d'un train italien, dans la plus perdue et la plus morne des provinces. N'y comprenant pas grand-chose, il laisse, peu à peu, l'enquête prendre la poussière dans son tiroir. Une, deux, trois, puis quatre années passent. Mascaranti se trouve toujours dans le Frioul. Puis, par un de ces étranges tours de passe-passe de la bureaucratie d'État, le maréchal Mascaranti, qui avait été le premier à s'intéresser au cas de l'étudiant allemand, se voit à nouveau transféré dans la juridiction où le meurtre avait été commis, et retrouve, dans le tiroir, le dossier maintenant tout à fait poussiéreux de ce mystérieux assassinat. Mascaranti réétudie avec minutie toute l'affaire, suit minutieusement tous les changements qui sont intervenus, ces dernières années, dans la vie des personnes alors soupçonnées, mais sans trouver de faille. Quelque chose de plus fort que lui le pousse à faire appel à Duca Lamberti qui vit à Milan, marié avec Livia, et qui exerce la profession de médecin.

Duca ne veut plus rien savoir des crimes et délits et

il tente même de convaincre Mascaranti de laisser tomber le dossier à l'instar de son prédécesseur. Il voudrait bien le convaincre, mais sa véritable volonté est restée la même : punir le coupable. Et c'est Livia qui va amener Duca et Mascaranti à reprendre l'enquête du train.

Le raisonnement de Livia est le suivant : quatre ans se sont écoulés depuis l'assassinat du jeune Allemand, Karl Semper. Le coupable, qui ne peut être que l'un des vingt-deux passagers plus les trois employés du chemin de fer, doit se sentir — après quatre années d'impunité — en totale sécurité. Voici pourquoi le moment est venu de reprendre l'enquête. Avec précaution, sans jamais interroger ou importuner les principaux intéressés, Duca et Livia enquêtent sur les vingt-cinq personnes qui se trouvaient dans le train le jour même du délit. De chacune de ces personnes, avec une passionnante méticulosité, ils étudient l'histoire, les défauts, les habitudes. La difficulté du problème réside dans le fait que la victime était un Allemand. Un étudiant qui, à Berlin, faisait partie d'un groupe musical. Les vingt-cinq suspects du train sont des provinciaux débonnaires qui n'ont rien à voir ni à faire avec des étrangers, qui plus est, sans le rond, comme ce Karl Semper. Sur les vingt-cinq suspects, neuf sont des femmes. Sur ces neuf femmes, cinq sont plus ou moins âgées, quatre assez jeunes, mais l'assassinat par strangulation ne pouvait avoir été commis que par un homme. La victime était plutôt robuste et ne se serait pas laissé étrangler par une femme.

Au travers de l'enquête conduite par Duca, Livia et Mascaranti, émergent, peu à peu, les personnes les plus soupçonnables parmi les voyageurs du train. Une moitié, environ, est écartée. Mais, pour le reste, tous ou presque pouvaient avoir un mobile qui les conduise au délit.

L'un des voyageurs a été ouvrier en Allemagne et,

précisément, dans la ville natale de l'étudiant assassiné : une rancœur qui remonterait à cette époque entre l'étudiant guitariste allemand et l'immigré italien ? Une des filles qui se trouvaient également dans le train se rendait tous les étés en vacances à Riccione, et Duca a découvert que l'étudiant y était allé l'année précédant le meurtre. Dans ce même train, se trouvait aussi un jeune électricien passionné de guitare et qui faisait partie d'un petit groupe, dans son village : l'étudiant avait il rencontré l'électricien et y avait-il eu entre eux motif à querelle ?...

De surcroît, en quatre ans, diverses choses étaient arrivées aux vingt-cinq suspects. Une des femmes, parmi les plus jeunes, qui était infirmière, avait tenté de se suicider en absorbant un médicament particulier qui, au lieu de la faire passer de vie à trépas, l'avait rendue à moitié folle et, depuis lors, elle se prenait pour une missionnaire en charge de lépreux. Pourquoi avait-elle tenté de se suicider ? Un autre passager était mort dans un accident d'automobile, brûlé vif. Un autre, plus jeune, était en prison, pour avoir tenté d'étrangler une fille, l'une de ses innombrables « fiancées ». Un des voyageurs s'était littéralement volatilisé et l'on pensait qu'il avait rallié la Légion étrangère : si cela était, pourquoi ? Un des deux employés avait une fille qui chantait et elle s'était même produite sur un plateau de la RAI : y avait-il eu un lien quelconque entre elle et l'étudiant guitariste allemand ? D'un autre, l'on connaissait seulement sa passion pour les grosses cylindrées...

3. Toutes ces enquêtes sont menées par Duca et Liva, en plein été, à travers les endroits les plus notoires des lieux de vacances environnants, parce que les vingt-cinq suspects se trouvent tous en vacances et qu'ils les suivent, les surveillent dans tous leurs dépla-

cements. Livia et Duca dépensent sans compter, dans cette enquête hors programme, leur mois de congés. Livia participe de plus en plus au travail de Duca, l'aide copieusement et, ainsi, se crée « le couple policier » dans une série de scènes mouvementées, estivales, brillantes et quelquefois dramatiques, où le rôle de suspect passe raisonnablement de l'un à l'autre des passagers du train, sans tomber pour autant dans la petite esquisse ou dans le jeu gratuitement mécanique, mais en maintenant — au contraire — un sens de chaude humanité et de crédibilité, dans le torride tumulte d'un plein été, le fracas des centaines de juke-boxes qui hurlent leurs succès saisonniers et où le couple Duca-Livia, fondu dans ces bacchanales d'été, poursuit froidement et implacablement ses recherches.

4. Qui est l'assassin ? Il est des moments où Duca et Mascaranti aimeraient faire comme les collègues qui les ont précédés : ranger le dossier dans un tiroir et n'y plus songer. Mais pas plus Duca que Livia ne sont du genre à lâcher prise. Et finalement, la chance finit par leur sourire : dans le registre d'un hôtel, Duca repère un nom inscrit : Julus Semper. Il sait qu'il s'agit du père de l'étudiant assassiné, Karl Semper... Sans pouvoir préjuger ce qui se passera, Duca se présente au père de l'étudiant pour ce qu'il est : un policier. Le mot à peine lâché, le père s'enfuit sur une puissante moto. Duca se lance à sa poursuite, en voiture, avec Livia. Mais il est assez difficile de poursuivre une moto en voiture, qui plus est au milieu d'une pinède. Alors Duca abandonne son véhicule à Livia, emprunte une moto et reprend la poursuite, tandis que Livia regagne les routes de la région (Lignano ou Riccione)...

Tout à coup, au bout de la pinède, en direction de la rivière, retentit une formidable explosion. Alertés par le vacarme, Duca et Livia se rejoignent pour voir une grosse moto et un jeune homme brûler comme une torche, et une jeune fille, en flammes elle aussi, s'enfuir en hurlant dans la pinède. Tout près d'eux, Julus Semper, le père de Karl, comme pétrifié. À peine aperçoit-il Duca et Livia qu'il se met à crier : « Occupez-vous de la fille, ne pensez pas à moi, je ne m'enfuirai pas ! » Duca tente de circonscrire les flammes qui lèchent la chevelure et les vêtements de la jeune femme puis il la transporte vers le plus proche hôpital. Livia demeure près du vieil Allemand et du corps carbonisé du jeune homme sur la moto. Julus Semper n'en finit plus de répéter : « Oui, c'est moi, c'est moi qui l'ai tué. » Et Livia de lui demander : « Vous avez tué votre fils ? » Julus Semper se cache le visage dans ses mains : « J'ai tué l'homme qui avait tué mon fils. » Et il raconte toute l'histoire...

5. Un an avant sa mort, le jeune étudiant Karl Semper venait d'achever ses vacances à Riccione et il s'était trompé de train. Après maints détours, il avait fini par aboutir dans une petite gare où il avait pu prendre un train local censé le remettre sur la bonne voie, en direction de l'Allemagne. Dans le train, il fait la connaissance d'une institutrice et lors du bref trajet naît entre eux (un peu comme dans les films romantiques) un amour si soudain qu'il pousse Karl à prolonger son séjour en Italie pendant plusieurs semaines.

Les deux jeunes gens doivent se rencontrer en cachette, car Mirella est fiancée à un jeune homme de la localité voisine, fils d'un propriétaire terrien et, pour l'heure, elle n'a pas la possibilité de rompre ses fiançailles. Chaque jour, Karl prend le train local pour rallier le bourg où il rencontre Mirella. À la longue, cependant, le fiancé de Mirella — un jeune homme menaçant et hautain — découvre le pot aux roses, roue de coups l'étudiant et lui conseille de rentrer chez lui s'il ne veut pas se faire étriper. Mirella, qui l'en croit fort capable, insiste pour que Karl suive les « conseils » de son fiancé. Et celui-ci s'en retourne à Berlin. Un échange de lettres s'ensuit dans lequel les deux jeunes gens se déclarent toujours leur amour. Le jeune étudiant guitariste va même jusqu'à enregistrer un 45-tours sur lequel une chanson, intitulée *« Il mio cielo sei tu »*, a été spécialement composée pour Mirella. Il s'agit du disque même que l'on a retrouvé près de lui, le jour de son assassinat dans le train. Passent l'hiver et le printemps, arrive l'été. Mirella écrit à Karl qu'elle a finalement réussi à rompre ses fiançailles avec Tonello, mais lui conseille de ne pas revenir tout de suite parce que son ex-fiancé menace toujours de le tuer s'il le voit tourner autour d'elle. Il faudra encore patienter et peut-être est-ce elle-même qui se rendra en Allemagne pour vivre près de lui.

Après cette lettre, Karl n'en reçoit plus qu'une seule, dans laquelle Mirella lui apprend que, légèrement souffrante, elle doit différer de quelque temps sa venue à Berlin. Karl patiente : une semaine, puis deux, puis trois... Plus aucune nouvelle jusqu'au jour où lui parvient un courrier laconique signé de Tonello : « Mirella est morte. Une stupide pneumonie, mais elle est morte. Elle m'avait laissé tomber pour toi, et cela je ne puis te le pardonner. Ne te permets surtout pas de venir t'incliner sur sa tombe. Si tu essaies, je te tue. »

Il y avait aussi tout un chapelet de jurons et d'insanités dans cette lettre que Julus Semper, maintenant, tendait à Livia, tout en poursuivant le récit de son histoire, tandis qu'arrivaient les carabiniers et que Duca revenait de l'hôpital où il avait conduit la jeune femme à moitié brûlée vive...

Julus Semper avait déconseillé à son fils de retourner en Italie, puisque la femme qu'il aimait était morte et qu'il ne servait à rien d'aller s'incliner sur une tombe, en prenant le risque de se colleter avec un individu aussi brutal et dangereux que ce Tonello. Mais Karl Semper n'avait écouté que son cœur...

Il était arrivé dans la petite bourgade, avait pris le train pour se rendre dans la localité où avait vécu Mirella et c'est là que Tonello l'avait repéré. Lui aussi avait pris le train et, à peine l'occasion lui avait-elle été offerte de se retrouver seul avec Karl qu'il l'avait affronté et tué. À la nouvelle de la mort de son fils, Julus Semper avait eu une attaque cardiaque, et, durant sa longue hospitalisation, était né en lui le désir de vengeance.

Mais pourquoi, après toutes ces années ? se demande Duca. Quelque chose n'est pas clair dans cette histoire. Pour l'heure, Julus Semper se trouve à l'infirmerie de la prison, en état de choc. Et, à l'hôpital, la jeune femme n'a toujours pas repris connaissance. Duca n'est pas convaincu. Aussi puissante que soit la voix de la haine, comment imaginer que ce vieil homme ait pu, quatre années durant, traîner avec lui cette idée fixe, pour la mettre à exécution, presque à l'impromptu, juste au moment où Duca l'abordait en prononçant le mot de « police » ?

Peu à peu, Julus Semper se reprend et se confesse. Toutes ces années durant, il a suivi Tonello. Mais ce dernier n'était jamais seul sur sa moto. Il y avait toujours une fille avec lui, peut-être la même, peut-être pas. Le vieil Allemand a appris à enfourcher des cylindrées aussi puissantes que celles de Tonello et il le suivait partout, sans jamais pouvoir mettre son projet à exécution. Il ne voulait que la peau de Tonello, pas celle de la jeune femme qui l'accompagnait...

Même si Duca désapprouve la conduite de Julus Semper, il comprend son attitude et sait, maintenant, pourquoi au mot de « police » le vieux Semper s'est affolé, allant jusqu'à risquer la vie d'une jeune femme innocente, après tant d'années de patient affût.

Personne ne connaît la jeune femme. Intoxiquée, droguée, elle se trouve dans un grave état d'altération mentale. Livia se tient près d'elle et cherche à déceler une lueur d'expression. De son côté, Julus Semper est convaincu que cette jeune femme est bien celle que Tonello emmenait toujours avec lui, comme un otage inconscient, dans ces folles randonnées à moto.

Duca finit tout de même par découvrir l'absurde vérité : la jeune femme est, en réalité, Mirella, l'ingénue institutrice aimée de Karl et séduite par Tonello. Il n'existe ni tombe, ni morte, même si, dans un sens, Mirella est morte deux fois.

(Traduit de l'italien par Robert Deleuse.)

TABLE DES MATIÈRES

IMPRIMÉ EN FRANCE PAR BRODARD ET TAUPIN
6636U-5 - Usine de La Flèche, le 07-09-1998
N° d'édition : 1516
Dépôt légal : août 1984
Nouveau tirage : octobre 1998